天啊！我們撿到一把槍！

增訂新版

陳榕笙——著
那培玄——圖

名家推薦

朱曙明（九歌兒童劇團團長）：

每個人小時候一定都有個自以為天大了不起的祕密藏在心中，但隨著年齡的增長，祕密慢慢地就變得沒那麼「巨大」了。在《天哪！我們撿到一把槍！》裡，作者把這樣的祕密真的給實質化了，撿到一把貨真價實的槍，連對大人來說都絕對是件天大不得了的事，更別說是小孩。作者將故事描繪得緊張刺激又不失逗趣詼諧，在「撿到槍」的主線外，也訴說了更生人被誤解、排擠時的無奈和堅持向善的勇氣。

林玫伶（兒童文學家、台北市明德國小校長）：

「叔叔坐牢」這件事在家裡可是個禁忌，誰都不想多提；「叔叔出獄」也沒多好，許多問題才正要開始。

「有前科」這三個字像是千斤重的擔子壓在身上，讓更生人很難抬起頭來，過去的紀錄也讓周邊的人難以卸下心防，包括自己的家人。

一把槍扯出了更多的傲慢與偏見，同時見證槍桿與拳頭根本無法長久。

本書也間接描繪了獄中景況，千篇一律、缺乏自由，娛樂乏善可陳，就連痛快洗個澡都是奢侈。

目錄

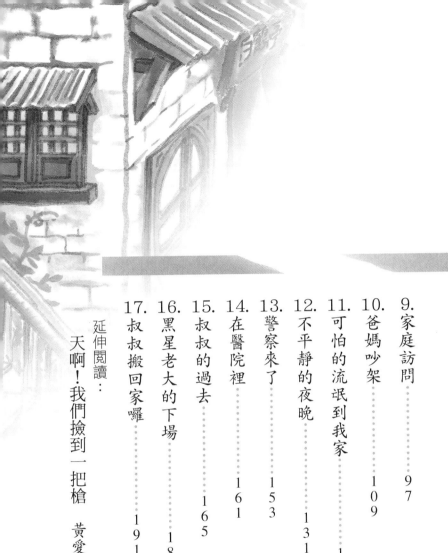

1

我們家的新成員

——叔叔

「叔叔為什麼坐牢啊？」

我仰頭問爸爸，他牽著我的手在巷口等叔叔。

今天就是叔叔要來我們家的日子，黃昏時，爸爸接到電話，叔叔已經從看守所出來了；為了這天我們店裡今天公休一整天，爸爸的興奮全寫在臉上，好幾次跑進廚房對著忙碌的媽媽重複同樣的話：「智仁快到了……菜色弄豐富點、湯一定要夠熱、飯煮好了沒？」

媽媽大概覺得：聒噪的爸爸在廚房裡反而幫不上忙，就叫我們一同去巷口等叔叔好了。

「小琴，等一下不可以這樣直接問叔叔坐牢的原因喔！不要提到看守所裡的事，也別說出『坐牢』、『監獄』這些字眼，知道嗎？」

爸爸對我剛剛的問題想了很久，做出這個不算答案的結論；雖然我心裡的疑惑還是沒解開，但隱約知道自己說錯話了，還好爸爸提醒我，不然我一見到叔叔，就講出失禮的話，那叔叔對我的第一印象一定很差。

「叔叔是因為年輕時交了一些壞朋友，不小心犯了錯，才被法律懲罰……」爸爸欲言又止，接著說：「詳細的原因，或許等叔叔跟妳比較熟之後，他可能會告訴妳吧！如果他沒有要說的意思，妳可不要勉強去追問喔！」

「嗯，我知道了。」

記得大概是在我剛進國小時，就從媽媽那邊聽說叔叔去坐牢的消息，詳細的原因媽媽也沒說清楚，總之「去坐牢的叔叔」在這個家裡是「不能討論的話題」。每年過年回鄉下爺爺奶奶家裡時，慈祥的奶奶在吃年夜飯圍爐時，總是忍不住地一直掉眼淚，大家都知道是為了叔叔，卻沒有人敢提起。

我們家的成員很簡單：爸爸和媽媽都是廚師，在台北一起經營小小的日本料理店「白鶴亭」，弟弟小彥和我上同一所國小，我六年級，弟弟三年級；還有最疼愛我們姐弟倆的爺爺奶奶，住在南部鄉下老家；叔叔比爸爸小五歲，以前就和爺爺奶奶一起住在老家，我們見面的次數很少，弟弟幾乎記不得叔叔的模樣了，我對他的印象也很淡很淡，只記得小時候回南部時，幾次看到叔叔騎著摩托車正要出門，當時他穿著白色汗衫外面套著花襯衫，扣子幾顆不扣一副很瀟灑的樣子，常常一出去就好幾天不回家；爺爺說他在外面交了一些壞朋友，打架鬧事，一群人常常進出警察局，真是丟光他的臉，害爺爺都不太敢去找老鄰居泡茶了。

我很難想像當時年輕又斯文的叔叔會打架，因為他對人都滿客氣的，看到我們小孩子，也都會和藹地打招呼，雖然沒有機會多聊幾句，不過叔叔看起來真的不像壞人。

我們班上的沈傑文，他爸爸就長得很像壞人：有一次放學時來接他，把路口指揮交通的老師嚇了一跳，因為他爸爸橫眉豎目，一副凶神惡煞的樣子，又穿著夏威夷衫搭短褲，很像「兄弟」要來討債的樣子，偏偏他爸爸卻又是警察！看來真的不能以貌取人。

沈傑文是班上唯一比較和我聊得來的男生，我跟沈傑文提過叔叔的事，他想了半天，叫我千萬別跟叔叔提到他爸爸是警察的事情：

「搞不好是被我爸爸抓去關的……」

「你不要亂講，雖然我到現在還不知道叔叔為什麼坐牢，但絕對不是被你爸爸抓進去的，這點我可以確定。」我有點生氣，但是沈傑文說的也有點道理，搞不好坐過牢的人，都很討厭警察？

「對了，」我繼續說下去：「那你也先不要跟你爸爸說我叔叔的事喔！」

「喔，好啊，但是……為什麼不能說啊？」

「反正誰也不能說喔，就連班上同學也一樣。」

我也不明白為什麼，就是不太想讓別人知道：自己家裡有個叔叔坐過牢這件事。沈傑文從幼稚園開始就跟我同班，家又住得近，應該算是可以信得過的朋友吧？

太陽已經快要下山了，在巷子口等待的爸爸和我，已經被蚊子咬了好幾個包，爸爸臉上也漸漸出現焦急的表情。電話中明明說是六點以前會到啊？爺爺奶奶還特地從南部搭高鐵上來，正在「白鶴亭」店門口等候著呢！弟弟大概也正高興地忙進忙出，一下子幫媽媽端盤子放碗筷、一下子又跑去拉著奶奶的衣角，躲在她背後往巷口張望……對於這個沒什麼印象的叔叔，他大概還是有點怯生吧？所以沒和我們來巷口等。

爸爸的手機又響了起來，是家裡打來的，已經是第三通了，問的都是「智仁到了沒？」相同的問題；但這一通是爺爺打來的，他特別跟爸爸囑咐些什麼，爸爸說聲「我知道了……」就掛上電話，四下張望了一會……

我還搞不清楚怎麼一回事，爸爸突然拍拍我的肩膀小聲說：「妳看！叔叔人在那裡！」

這時我才注意到對街天橋下的暗處，有個人影從剛剛開始就在那裡，似乎已經徘徊很久了，瘦瘦的身材、扛著一個大包包、頭髮很短、低著頭左右踱步著……我還看不清表情時，就聽見爸爸朝著對街天橋下的方向大喊：「智仁！」

那人似乎嚇了一跳，但還是緩緩走上對街天橋的階梯。

爸爸牽著我的手走上天橋，橋下是車水馬龍的下班車潮。

我問爸爸：「叔叔找不到我們家嗎？為什麼一直站在街對面，害我們等那麼久……」爸爸輕拍我的背部，用很溫柔的口氣說：「是啊，叔叔找不到回家的路，車子又那麼多，妳等一下要牽好他，知道嗎？」

在昏黃的暮光中，天橋底下車陣的燈光像是河流的反光，我們漸漸看清楚叔叔的臉：那是一張沉穩的臉孔，仍然帶有叔叔年輕時的英俊風度，卻少了幾分傲氣，多了一點膽怯與靦腆的表情，很像是老師介紹新來的轉學生時，在他們臉上看得到的表情。

爸爸左手緊緊勾住叔叔的肩膀，右手用力握住叔叔伸過來的手臂，激動地幾乎說不出話來，叔叔也是一言不發，兩個大男生就這樣站在天橋上，眼眶彷彿都有亮亮的淚水，我有點害羞，所以不敢看得太清楚；他們不停拍打著對方的手臂跟肩膀，把我晾在一旁，等他們結結巴巴地打招呼，期間好幾個路人走過去，都忍不住回頭多看幾眼，有點尷尬呢！

過了好久，他們終於看夠對方的臉，叔叔也注意到我：「小琴已經長這麼高了……」

「今年暑假剛升國小六年級。」爸爸搶了我原本要講的話，害我更不知道該說些什麼，只好假裝肚子很餓的樣子，很自然地拉起叔叔的手，往回家的方向走：

「我們快點回家吧！肚子好餓喔……」

兩個大男生噗一聲哈哈大笑，我覺得我像是傻瓜一樣；不過，沒關係啦！雖然很久不見，但叔叔一定可以跟我還有我們家人處得來，這是我對他的第一印象。

巷子裡，爺爺奶奶與弟弟已經伸長脖子探望好久，我們一走近「白鶴亭」店門口，叔叔突然咕咚一聲，向著爺爺奶奶跪了下來，把我們其他人都嚇了一大跳。

「阿爸……阿母，我知錯了……」說沒兩句，叔叔幾乎就要哭了，爺爺奶奶趕緊上前把他攙扶起來，叫他先跨過早已準備好的火爐，奶奶轉過身擰了條濕毛巾給叔叔抹臉，她自己臉上卻已經淌了不知幾條眼淚，一直不斷地重複說著：「人回來就好、人回來就好……」

跨過了火爐，進了家門，迎面撲鼻的是一桌好菜的香味：生魚片冷盤、櫻花蝦壽司、培根雞肉串燒、炸蝦天婦羅、和牛壽喜燒、鮭魚螃蟹鍋、烤味噌魚……這些店裡的招牌菜色已經夠令人眼花撩亂、食指大動了！沒想到媽媽還一直端出人蔘烏骨雞、糖醋黃魚，還有一整塊燉得軟爛入味的大封焢肉！都是奶奶和媽媽通力合作完成的家鄉味料理；

最後，彷彿嫌菜色還不夠豐盛似的，媽媽又端出一碗豬腳麵線，要叔叔先吃麵線，再品嘗其他料理。

「豬腳麵線能去霉氣、消災祈福，而且一定要吃到『豬蹄』，象徵把霉運『踢走』。」奶奶高興地望著叔叔，掩不

住喜悅。

這天晚上，大家都開心慶祝叔叔重獲新生；但是不曉得為什麼，平常吃飯時都會喝一兩杯啤酒的爸爸，今天居然完全都沒喝！爺爺也是一樣？大家似乎很有默契地都剛好不想喝酒，還是我想得太多了？

難道叔叔坐牢的原因，跟喝酒有關係？

也許是我想太多了吧？總之，今晚我們家搬進了一個新成員，就是叔叔。爸爸一面興高采烈地不停勸他動筷子，一面說就先安頓在我們家沒問題，三樓剛好沒人住，還有獨立的戶外樓梯可以自由出入；工作方面，就先請叔叔在我們家日本料理店裡幫忙，剛好人手不夠，能夠有自己人來幫忙，當然是最好的安排啦！

爺爺奶奶聽了似乎很滿意，一直誇讚爸爸這個大哥做得真感心，這麼照顧自己的弟弟；奶奶也一直找機會向媽媽道謝，肯讓叔叔暫時住進我們家安頓下來……只要叔叔自己另外找到合適的工作，到時候就能搬出去獨立生活了。

媽媽很客氣地一直說這是應該的，但是我看得出來：她其實是有點勉強才答應這件事情；先前為了叔叔出獄後，能不能先來我們家安頓的事，爸媽就不知道討論過多少次：爸爸當然是雙手贊成囉！但媽媽卻有點不是那麼高興，雖然我不太清楚媽媽反對的理由。

弟弟大概是最開心的人囉！瘦瘦小小的他最希望自己有個哥哥了，這樣就有人可以「罩」他，讓他在學校時不會被他們班的小惡霸田學和欺負；雖然弟弟年紀還小，根本不太了解「坐牢」這件事的意義是負面的，但他認為叔叔既然坐過牢，一定很有「男子氣概」以及

「義氣」，如果他知道侄子在學校被欺負，叔叔是一定不會袖手旁觀啦！

至於我，應該也是「贊成」叔叔住在我們家的吧？因為目前看來，叔叔是一個謙虛又客氣的「客人」；他對獄中的生活很簡單地帶過，沒有在我們面前說太多坐牢的事，對於這幾年社會的改變倒是充滿好奇……

爸爸媽媽精心設計的滿桌山珍海味，叔叔吃得讚不絕口，不斷地誇讚爸爸媽媽的好手藝，也一直稱讚我們姐弟倆乖巧可愛，卻一點也沒有長輩的架子，反而比較像是朋友一樣；如果家中多一個這樣的叔叔，應該也不是一件壞事吧！

其實早在天橋上，第一次握住叔叔溫暖厚實的手時，我就感覺到：叔叔百分之百是個好人，真的！

2

叔叔的新生活

叔叔住的地方，是我們家「白鶴亭」三樓加蓋的屋頂，雖然是加蓋的樓層，但卻不是隨便用鐵皮搭起來的違章建築；這可是爸爸為了迎接叔叔到我們家，特地去申請建築加蓋的許可，一絲不苟地請建築師設計穩固的樑柱磚牆與隔熱屋頂，也讓原本堅持著「家裡空間本來就不夠」反對理由的媽媽無話可說。

為了方便出入與保有隱私，三樓除了原本就有室內的樓梯可以上去之外，還特地加裝了可以從陽台通往地面的鐵製手扶梯；而刻意漆成綠色的三樓外牆，從巷子口走進來，第一眼看到時，就像是一棵茂密枝葉的大樹，垂著可以爬上樹頂的繩梯一樣，所以三樓就被我和弟弟暱稱為「樹屋」；在叔叔還沒搬進來之前，我跟弟弟早就把「樹屋」當成是我們的祕密基地了，甚至還為了「以後叔叔要是搬走，誰

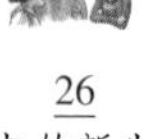

Mirai 2010

有資格獨占樹屋」這個遙遠未來才會面臨的問題小小地爭執過呢！

本來以為叔叔搬進來後，原本暫時屬於我們的祕密基地就要「歸還」了，沒想到叔叔說隨時歡迎我們姐弟倆上來玩！還說他還不習慣自己一個人有那麼大的獨立空間，如果家中有任何物品沒地方存放，他的房間也可以當儲藏室。

叔叔說，以前住在看守所裡，四個人一間房，其中有一個人睡覺打鼾特別大聲；他還特地捏住鼻子模仿那聲音有多大：「齁齁齁～」地就像打鑽機一樣；我跟弟弟都不相信真的有人可以打呼到那種境界，但是叔叔強調千真萬確，還說後來那個獄友移監了，轉送到別的地方服刑，他們那間牢房剩下三個人，晚上居然都不約而同失眠了，原來大家早就習慣狹小的空間，與如雷貫耳的鼾聲，房間裡突然少了

一個人與他的鼾聲，真的會有點不習慣喔！

所以叔叔的新房間雖然有近二十坪大小，但他還是把書櫃、床頭櫃和桌子幾乎集中在同一個角落，只占去大約四分之一的位置，他說這樣睡起來比較有安全感，其他多餘的空間，就暫時堆放一些不用冰的食材，麵粉豆皮之類的，這樣一來一樓的日本料理店的廚房也會寬敞許多。

每天早上，爸媽一起上市場買店裡的要用的新鮮蔬菜與魚肉，叔叔也會很早起來，主動幫忙把店裡打掃得整潔乾淨，一些簡單的準備工作也都一手包辦；等到爸媽回來，米飯已經在電鍋裡蒸熟，高湯與醬料也都一應俱全，爸媽只需要專心料理魚跟菜，節省了很多時間。

中午時間是我們家日本料理店「白鶴亭」最忙的時段，因為附近大公司的職員常常三五成群來用餐；話說我們家「白鶴亭」雖然是間家庭式的小餐館，但精通日式料理的爸爸媽媽可是非常用心地在經營，菜色常常推陳出新，所以遠近馳名。

每天一到午餐時間，廚房跟外場都忙得像戰場一樣，這時候叔叔就幫忙送菜收桌，手腳非常俐落、從不喊累、也不會像弟弟偷偷跑回房間休息；唯一硬要挑剔的缺點嘛……大概就是叔叔那醒目的平頭，以及不太懂得微笑應對的表情。

叔叔的臉孔常常很緊張，感覺上會讓客人以為這個人「很嚴肅」，因為他的表情「有點兇」；但爸爸總是說沒關係，叔叔還沒完全適應外面的社會禮儀，慢慢就會知道了。

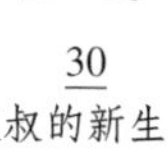

下午兩點半過後的休息時間，爸爸會教叔叔一些日本料理的技巧，像是切生魚片的刀法，或是烤魚、炸天婦羅的訣竅……偶爾兩個人也會悠閒地在店裡下兩盤棋；媽媽正好去午睡補充體力，店裡又沒有客人，通常這時候叔叔才比較放鬆一些，話匣子也會慢慢打開，對爸爸說一些獄中的趣事；兄弟兩人一邊聊天一邊準備晚上的食材，感覺好像班上同學的小圈圈喔！只要一靠近，就有一種「哇……這個圈子的話題我無法插嘴」的氣氛。

有時候沈傑文跟班上男生聊天的感覺就像這樣：只要是一群臭男生聚在一起，通常都聊一些很沒營養的話題，這時候識趣的女孩子就會走開，不然搞不好還會聽到一些粗話之類不堪入耳的字句呢！

到了晚餐時間，我和弟弟早已放學回家，就可以幫忙上菜跟擦桌

子，叔叔也會因為我們在場而看起來比較愉快，因為他對我們姐弟倆永遠都是掛著微笑，所以在送菜之間，客人看到叔叔「笑臉迎人」機率也增加囉。

忙完了一天的工作，他會仔細地花一點時間慢慢洗個澡；原本剛來我們家時，叔叔洗澡的速度快得嚇人，從進去浴室開始，不到兩分鐘就洗完了全身！他解釋是因為在獄中沒有充裕的時間洗澡，又只能用臉盆舀水沖澡，當然就草草了事；後來叔叔了解到「現在終於可以放鬆，好好洗個澡了！」之後，他就很享受在工作一天之後，慢慢地把身體洗乾淨的過程；我們都不知道洗澡有那麼快樂呢！小孩子都覺得要天天洗澡，有時候還挺麻煩的，沒想到叔叔會這麼樂在其中；有時候弟弟會跟他一起洗，感情不錯的叔侄倆互相幫忙搓背打水仗，這

又是另一個小圈圈了。

叔叔的生活習慣很規律、又很愛乾淨，大家印象都很好；唯一讓我們有點嚇到的是剛開始吃飯時，叔叔咀嚼的聲音很大聲，大家一起用餐時，咂嘴的音量很難讓人忽略呢！弟弟小時候吃東西聲音也很大，有次在餐桌上，弟弟聽到叔叔吃飯的聲音，就很直接地把以前被媽媽罵的話搬出來：「吃東西聲音那麼大，又不是小豬……」

叔叔嚇了一跳似的，筷子靜止在空中，尷尬地看著我們，餐桌上的氣氛立刻僵住；爸爸馬上就罵弟弟沒大沒小，亂講話；還好叔叔沒有生氣，而且從此之後，叔叔吃飯再也沒有發出半點聲音了。

我想，叔叔一定非常在意別人對他的看法，雖然他從不說出口喔！

3

叔叔的慢跑運動

叔叔的新生活逐漸上軌道後，他每天的行程多了一件事，那就是慢跑。

有一天一大清早，我和弟弟正要上學時，發現叔叔正站在門口發呆，於是我們問他在做什麼。

「唔……我想去跑步，不知道要往哪裡去比較適合？」

我和弟弟對望一眼，立刻七嘴八舌地提議：「可以去河濱公園啊、體育場啦、附近國小的操場也有很多人在晨跑喔……」經過一陣討論，叔叔還是拿不定主意：這附近的地理位置他又完全不熟，不敢去太遠的地方，因此我們說好：明天要起得更早，陪叔叔一起去跑步。

第二天一大早，我們好不容易叫起了愛賴床的弟弟，穿好運動服、慢跑鞋，稍做暖身後，就從巷子口出發了！我跑在最前面為叔叔帶路，其實心裡也沒有什麼目標，就往車子少的方向跑好了。

哇！沒想到清晨跑步的感覺這麼舒暢！一出了車多擁擠的鬧區，道路跟視野突然變得開闊了起來，空氣中也彷彿可以聞得到草和泥土的清香，我們三個人雖然都是第一次跑步，卻一點都不累地跑了好遠好遠的距離，一定超過學校運動會裡三千公尺大隊接力的距離了！等我們回到家時，三個人都跑出了一身汗，運動完的感覺真是舒服。

從此之後，叔叔每天都跑步。

他說跑步是坐牢時的心願，雖然每隔幾天也有「放風」時間可以運動，但是在監視之下的運動，總是無法完全放鬆；除此之外，坐牢還有一些勞役要做，就像工人一樣，每天都很累，但是都不算真正的運動；學校老師也說：運動和勞動是不同的，真正放鬆、能達到身心愉快的才叫運動。

所以叔叔一直期待重返社會後，能夠自由自在地每天跑步。叔叔總是說：「只有在跑步的時候，我才真正感覺到自己已經自由了……」

這句話讓我想起：小時候不管我和弟弟吵著要養鳥、養小白兔或是黃金鼠等等流行的寵物時，爸爸總是一概拒絕，說是把一個生命關起來一輩子太殘忍了，動物就應該自由自在生長在大自然的環境裡，能夠自由奔跑才會快樂……原來爸爸是想起坐牢的叔叔，才不忍心養寵物吧？

剛開始跑步時，我陪著叔叔一起跑，每次遇到十字路口時，他總是停下來猶豫很久，原本以為他只是單純不認識路，後來才知道除了路不熟之外，叔叔比較害怕那種「需要做決定」的感覺；我總是安慰他說：「沒關係啦！叔叔，我們跑哪一條都可以啊！只是在附近繞來繞去而已喔！」他有一次便回答我：

「小琴，如果選錯了路線，搞不好會遇到危險或不好的事情，所以我每次都要停下來觀察很久，覺得哪邊比較不會危險才去跑喔！」

雖然我還是不太懂叔叔的話，

但也都順著他的意思去跑；漸漸地，叔叔在路口停下來的次數比較少了，我想是路況變熟了；而且，叔叔慢跑時的步伐似乎更穩定、更有信心了呢！

後來弟弟早上總是爬不起來，又一直懶洋洋地不願運動流汗，所以和叔叔一起跑步，也變成我每天的行程之一囉。

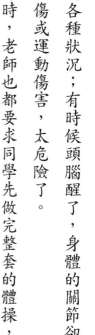

通常我們都五、六點起床，換好運動服後先喝一杯溫開水，然後就開始暖身與拉筋；叔叔每次跑步前的暖身運動都做得非常紮實，時間很長，他說暖身運動跟拉筋都很重要，因為身體要先醒過來，才有辦法應付路跑時會遇到的各種狀況；有時候頭腦醒了，身體的關節卻還在打瞌睡，就很容易扭傷或運動傷害，太危險了。

每次在學校上體育課時，老師也都要求同學先做完整套的體操，然後再跑操場兩圈，跑完後才可以打球或是自由活動；很多男同學急著要打球，體操都「青青菜菜」隨便做一做敷衍了事，跑操場時都衝得又急又快，結果有的根本還沒開始打球就扭傷了，害得體育老師還要背他去保健室冰敷。

所以即使我也覺得暖身很麻煩，每天清晨還是乖乖地跟著叔叔一起暖身拉筋：有時候我教他學校體操的各式分解動作，有時候是我們互相幫忙壓腿拉筋，每次暖身都要身體微微出汗了，我們才會正式開始跑步……說也奇怪，充分暖身後，跑步的時候小腿痠痛的感覺就會減輕很多喔。

一開始我們只是跑到附近的河濱公園，再折返跑回家，差不多一兩公里多一點的距離，我們就累得氣喘如牛了。在叔叔到我們家之前，我根本沒有很喜歡跑步這項運動啊！家裡也沒有人熱衷運動，只有爸爸偶爾會帶我們全家去爬山，但每次都只爬一小段，大家就累了，躲到山產店裡吃東西補充熱量，所以根本就沒有體力跑太遠噢。

叔叔也是，長期的牢獄生活讓他的體質沒有很好；學校老師說：營養不足、壓力跟情緒都會引發一些疾病。叔叔長期處在那樣的環境下，身體一定變得很差，剛出獄時，臉色很「菜」、頭髮都斑白了……但經過爸爸每天好廚藝的調養，叔叔的臉色一天比一天紅潤，體能也漸漸變好，我們每天慢慢增加距離，跑到河濱公園後，沿著公園裡專用的慢跑步道，一邊計算著路牌上標示的里程一邊跑，只要跑完和昨天一樣的距離，就會停下來問問對方：「還可以嗎？」兩個人體力都可以的話，才會設定新的目標里程。

跑完之後，我們會慢慢走回家，一邊聊天一邊甩甩手轉轉胳臂，動動其他沒有運動到的地方；這時候我常常會講一些學校發生的趣事給叔叔聽，像是班上同學的蠢事，或是課業上的進度，有時候我們也聊聊電影，原本我以為叔叔一定沒什麼機會看電影，沒想到他看過的影片只比我少一些呢！他說在裡面也常常有「電影時間」，那是最令人開心的時刻了！

雖然在裡面看的電影，片單有經過挑選，剔除了很多特別暴力或是沒有正面意義的影片，但這還是少數受刑人可以接觸外界訊息的機會，所以不管是什麼電影他們都會聚精會神地仔細觀看，還要寫心得報告呢！

叔叔說，他幾年前看過「阿甘正傳」後，一直對片中阿甘去慢跑橫越全美國的片段特別有印象，心想著：想跑就跑、想停才停，那是多麼自由的感覺啊！所以當他出獄後，最想做的事情就是「一直跑，跑到不想再繼續為止」；不用聽誰的命令，也不用擔心違反任何規定，叔叔說：那就是「自由」。

他還說過，真正開始跑步後，知道了自己體能的上限，每次經歷辛苦而疲勞的「撞牆期」時，叔叔都很享受那樣的感覺；這個我就不太懂了，所以一直追問為什麼？每次我經歷「撞牆期」時，明明是肺部彷彿吸不到空氣、頭暈地快要趴倒在地、小腿會很痠得像肌肉要裂開、雙腳像鉛塊一樣沉重，一點都算不上是「愉快」的經驗啊！為什麼叔叔反而「很享受」哩？

隨著我們一次又一次超越原本體力的極限、把預定的里程提高後，我慢慢有點了解叔叔的意思了：每次只要跑步衝破了「撞牆期」後，身體居然就不太容易感覺到疲累了！會有好一陣子，感覺就像腳自己會慣性移動往前跑一樣，輕輕鬆鬆就能跑上更遠的距離，甚至這時候要衝刺或是慢慢加速，小腿也不會痠呢！感覺有了全新的關節跟肌肉似的，叔叔說這種衝破瓶頸的感覺很像「重獲新生」，我只能說，叔叔真是形容得太貼切了！

我想，叔叔那麼喜歡跑步的原因，大概就是這種「重生」的感覺吧？他用身體的痛苦來鍛鍊自己的意志力，才能一次又一次超越極限。

隨著體能不斷增加，我們慢跑的里程也慢慢增加，從一開始的一公里，到現在每天至少六公里，有的時候甚至還可以跑到十公里呢！

我們還約好，以後要一起去參加半程馬拉松的比賽，那要一次跑二十一公里噢，看來還有很長的路要「跑」。

看來連我也漸漸感染了叔叔的堅持，愛上慢跑這項運動了呢！

4

家裡的改變

叔叔來到我們家三個月了，算是適應良好喔！學校的轉學生同學，有的三個月後還不願意跟大家講話呢！爸爸說那是因為他們父母的工作關係不停地搬家，小孩子不停失去剛熟悉的朋友，所以變得不願意再交新朋友了呢！

幸好我們家「白鶴亭」不用搬來搬去，叔叔可以放心啦！叔叔現在已經懂得在工作時把微笑掛在臉上了，不過就算這樣，媽媽似乎還是越來越不喜歡叔叔住在我們家。

有幾次我偷偷聽見爸爸媽媽小聲地在爭吵，媽媽還是希望叔叔搬出去、另外找工作比較好，爸爸聽到後就很生氣，一直說媽媽心眼小，叔叔是我們家的一份子，為什麼媽媽就無法接納他。

其實媽媽一點都不是小心眼的人，媽媽只是不喜歡鄰居的閒言閒

語；自從叔叔來到我們家之後，鄰居一直都很怕跟他打照面，偶爾在巷子裡遇到叔叔，一開始都趕緊低頭快步走過，讓叔叔很難過；後來叔叔都會主動跟大家點頭打招呼，才漸漸有人會回應。

但是鄰居們還是不喜歡家裡附近住了一個有前科的人吧？有次鄰居媽媽在罵小孩，罵得很大聲，連我和弟弟一起在「樹屋」上寫作業都聽得到，那位媽媽對小孩說：「從小就不學好、不唸書愛打架，以後就跟白鶴亭那個大哥哥一樣，會被抓去關，關到頭髮都白了才放出來！」

那時候叔叔也在看書，我想他一定聽到了，但是他什麼都沒說，只是叫我們不用在意，繼續寫功課。其實叔叔年紀並不大，只是白頭髮比較多，看起來有點年紀；我們班上有一個男同學，也跟叔叔差不多，頭髮都灰白灰白的，看起來有點「臭老」，同學都叫他「阿貝」，就是「阿伯」的台語，他好像也不太介意，只說那是遺傳啦！

我想叔叔還是有點介意別人的眼光，只是習慣不表現出來；就像他很介意媽媽不喜歡他住在這裡這件事情，常常偷偷問我們的看法，還幾次跟爸爸提議說要搬出去了，都被爸爸「強力」否決，叫他不用擔心，只管把這裡當成自己家就可以了。

因此叔叔更加努力工作，生活作息與衛生習慣也好得令人無法挑剔，不過即使這樣，媽媽還是對他「非常客氣」；雖然沒有表現出來，但大家都知道媽媽並不想把叔叔當成家中的成員之一。

有一部分的原因是：和巷子裡其他媽媽一樣，她們很擔心叔叔會變成「壞榜樣」，影響到我們這些小孩子；畢竟叔叔曾經坐過牢，

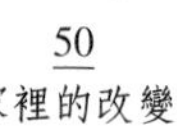

代表他「曾經」做過壞事，「曾經」是個壞人喔！不然怎麼會被抓去關？她們聽說叔叔是因為全面縮減刑期而出獄的，所以很害怕叔叔其實並沒有真正改過向善，出來之後還是會為非作歹，所以不敢讓小孩子多靠近他。

只有爸爸了解叔叔，百分之百相信叔叔已經變好了，所以就算媽媽不太高興，爸爸還是很鼓勵

我們和叔叔「混」在一起，去樹屋找叔叔玩、寫功課跟看書等等……爸爸也是最贊成叔叔和我每天去慢跑的人，為了這個他還買了全新的慢跑鞋給我，一點都不介意媽媽說女孩子不應該那麼愛運動、成天跑跳不像樣之類的話。

媽媽的確不太愛看我這樣，每天跟叔叔去跑步，她覺得女孩子不適合這種激烈的田徑運動，小腿會變粗、皮膚也會曬黑等等……但是自從慢跑後，我的體力跟精神越來越好，感冒也幾乎絕緣了，媽媽才不再多說什麼。

遇到鄰居時，媽媽偶爾也會開始幫叔叔說幾句好話，讓大家盡量相信叔叔真的在努力重新做人；不過幾次我跟媽媽上菜市場時，聽見鄰居們都議論著最近巷子裡似乎不太平靜：有人的機車座墊被劃破、半夜裡汽車警報器常常無緣無故大響，還有人說最近常看到不認識的人出入巷子裡，還有可疑的陌生人，直接爬上樹屋的樓梯，進去我們家三樓找叔叔，整個晚上都聽到他們聊天的聲音。

我聽到這裡，知道大家在討論的那個陌生人，其實是叔叔的獄友阿志；叔叔提前出獄後，他的朋友也獲得假釋的機會，重新回到社會；叔叔說他朋友沒有什麼可以依靠的親人，就接受更生機構的安排，在隔壁鄉鎮的洗車場工作，偶爾會來找叔叔聊天而已。

阿志叔叔也是一副壞人的臉，駝著背，看起來兇兇的，難怪巷子裡大家都很介意。

在我們巷子裡這種小地方，任何小小的風吹草動，都可能變成大

新聞。鄰居們很擔心這裡出入的人越來越複雜，媽媽只好再三跟大家保證不會有這種情況啦！至於機車座墊被劃破跟深夜警報器作響，媽媽說應該跟叔叔沒關聯，其實說真的，我們家每天都相處在一起，叔叔很難有單獨活動的時間；更何況，只要跟他相處過一陣子，就知道叔叔絕對不會做那些事。

每天和叔叔一起跑步的我，最氣聽到這些流言了；隨隨便便把這麼認真的叔叔和那些壞事畫上等號，真是太冤枉囉！每次當我替他打抱不平，也都是叔叔安慰我不用在意那些流言，對得起自己就好。

他總是說：「時間會證明一切……」

雖然和媽媽私底下對叔叔最常說的評價：「日久見人心……」似乎是同樣的意思，但我總覺得這兩句話的出發點完全不一樣噢。

沈傑文聽我講了叔叔在我們家的狀況，還有鄰居的看法後，也說：「我爸爸說坐過牢的人，通常還是會再犯同樣的罪，而且都會物以類聚，常常結交壞朋友……」這段話讓我氣得兩個禮拜不跟他講話，連上課時他沒帶課本，我也不借給他看，最後他只好低聲下氣地跟我道歉。

「對不起啦……我只是說我爸的看法嘛！我相信妳叔叔是真的改過向善了啦……」他求饒的樣子有點好笑又有點可憐，男生就是這樣子，說話都不經過大腦，常常講一些惹人厭的話。

沒多久沈傑文又問我：「不過，葉小琴妳現在知道妳叔叔是為什麼而去坐牢的了嗎？」

「唔……我還是不太清楚耶！」

叔叔究竟為什麼原因坐牢？為什麼除了爸爸之外，大家那麼介意他住在這裡？

是竊盜、傷害、還是恐嚇？該不會……該不會是殺人？

為什麼在叔叔面前，沒有人會主動說要喝酒？

其實，這些問題我和弟弟都超好奇的，只是不敢問而已；現在我每天和叔叔一起慢跑，應該算是有點交情了吧？不知道問他這個他會不會生氣……

5

奇怪的包裹

這天放學回家，我和弟弟本來在路上討論後，決定今天要試探性地問問叔叔坐牢的原因了；但是當我們一起並肩走進巷子口時，從裡面走出來一個陌生男子，高大黝黑的體格，臉上殺氣騰騰，戴著一副墨鏡，手臂上甚至還有刺青從短袖襯衫裡露出來，把我和弟弟嚇了一大跳，連忙閃到一邊讓他通過，還被他瞪了一眼。

「看啥……小朋友？」天哪！我和弟弟嚇得趕快低頭往巷子裡跑，心裡想：這該不會是來找叔叔的吧？這該不會是叔叔的獄友吧？

等我們走到家門口，弟弟看見通往樹屋的鐵扶梯下面，藏有一個毫不起眼的黑色包裹。

我和弟弟對望一眼，不知道為什麼，弟弟居然把那個用黑色垃圾袋套著、字典大小的包裹拿起來放進自己的書包，就在這一刻，「白鶴亭」的拉門突然打開，叔叔探出頭來看到我們，高興地說：

「你們回來啦？趕快把書包放一放來幫忙吧！今天有客人訂席喔……」

我們一口氣跑到二樓房間裡，趕緊把書包放了就下樓幫忙，誰也不敢先去看那個黑色包裹，一直到晚上，大人們都入睡了，弟弟才從雙層床的上鋪叫我：

「姐……妳睡了嗎？」

「還沒耶……」雖然忙了一整個晚上，但是我現在卻清醒得不得了。

「姐……要不要來看看那個包裹啊？」弟弟越說越小聲。

「嗯。」

弟弟一骨碌從上鋪爬下來，把藏在床底的書包拿出來，我們連房間的日光燈都不敢開，只把書桌的檯燈打開，慢慢從書包裡把那個黑色包裹拿出來。

黑色包裹外面用膠帶包得很密實，靜靜地放在書桌上，有一種不祥的感覺。

「等一下，我們這樣打開真的好嗎？」我有點害怕。

「只是看一下而已啊……然後就包好，還給叔叔。」弟弟故作輕鬆地說，我知道其實他也很害怕。

「你怎麼這麼肯定，這個包裹就一定是給叔叔的？」

「一定是的，不然幹麼放在樹屋的樓梯上？」弟弟猶豫了一下，接著膽怯地問我：「姐，妳覺得是不是巷子口遇到的那個流氓……留下來給叔叔的？」

「不知道……」我越講越害怕，很擔心房間外有人偷聽，我們聲音一直壓低：「我只知道，如果裡面是不好的東西，那我們就藏起來，不要交給叔叔……」

「嗯……」弟弟開始動手拆包裹外的塑膠袋，我一直提醒他不要太粗魯，盡量保持外面包裝完整。

打開來一看，裡面是一個紙盒。

我把紙盒拿在手上掂掂看，裡面滿重的。

「姐……妳覺得裡面會是什麼啊？」

「打開來看不就知道了。」

弟弟把紙盒打開，果然，和我們心底猜想的一模一樣。

裡面是一把漆黑發亮的手槍。

6

天哪！我們撿到一把槍！

我和弟弟看傻了眼，好幾秒鐘說不出話來。黑色閃亮著金屬光芒的槍，跟電影裡警察或是殺手拿著的手槍一模一樣，也有點像書局裡，擺在玩具櫥窗販賣的空氣槍，外面那張包裝的照片。

弟弟伸手要把槍從紙盒拿起來，我大叫：「不要碰！」弟弟吃了一驚，差點把紙盒掉到地上！

「姐！妳小聲一點啦……」

我差點忘了，現在是晚上十一點！我先把弟弟手上的紙盒拿過來蓋上，裝進黑色塑膠袋後塞在床底下，

然後趕緊跟弟弟說：

「聽好，絕對不可以碰來路不明的東西，我們先把它藏好，等到明天再交給爸爸報警處理……」

「喔……好。」弟弟也同意了，雖然他的眼睛還一直盯著塑膠袋。

「趕快睡覺吧！明天我還要早起晨跑……」我把弟弟趕回上鋪，自己卻怎麼也睡不著。

「姐……報警之後，叔叔會不會又被抓去關啊？」弟弟的聲音從上鋪傳來。

「應該……應該不會吧？槍是我們發現的，又不能證明就是叔叔的。」雖然這麼說，但我也不太肯定。

「可是，搞不好那個流氓就是要來拿槍給叔叔，碰巧被我們先拿走而已啊……」

「嗯，還好被我們撿到。」

「姐……叔叔是不是要拿槍去做壞事啊？像電視上演的那樣，去找以前的仇家報復？」

「別……別亂講話，趕快睡覺啦！」

今天晚上，有一種不祥的感覺壓得我喘不過氣來，總覺得床底下的黑色包裹裡那把槍像是什麼黑暗又邪惡的東西，躲藏在那裡伺機而動，那種感覺真令人不舒服。我一連做了兩三個噩夢，第一個夢境裡叔叔不知怎麼的，找到了被我們藏起來的槍，但他說「那是為了去殺以前把叔叔關進牢裡的警察」，而那個警察正是沈傑文的爸爸！

我在半夜裡嚇醒了！發現是夢，才漸漸平靜下來，好險……只是個夢。

上鋪的弟弟睡得超熟的，還聽得見微微的鼾聲，真是厲害。睡著後，我又做了第二個噩夢，這次是那個手臂上刺青的流氓跑來我們家，在日本料理店裡吃烤鰻魚定食還是什麼的，結果和叔叔一言不和吵起來，流氓一氣之下拿出兩三把槍，叔叔也拿出那把漆黑的手槍對準流氓，叫他不要輕舉妄動……結果流氓居然哈哈大笑，說叔叔手上那把是空氣槍，他手上的才是真槍，兩人就在店裡展開了槍戰，就像電影裡一樣，槍林彈雨的，叔叔躲在豎起來的餐桌後面，伺機還擊，但打出去的真的是ＢＢ彈，一點威力也沒有……

我們家日本料理店裡子彈飛來飛去、打碎了所有東西，在夢中我嚇得大哭，但槍戰似乎沒有要停止的感覺，直到我漸漸聽到鬧鐘的聲音，才醒過來：慢跑時間到了。

不知怎麼的今天一點想要跑步的興致都沒有，睡得不好，全身都很累，不過我還是趕緊起床換上運動服，下樓到店門口，叔叔已經在那邊暖身了；他見到我，很開心地道早安，我只能有氣無力地回答他。

現在眼前的叔叔，真的是那把槍的買主嗎？

我們一出門開始跑步後，我就問叔叔：

「叔叔，你有沒有開過槍啊？」叔叔跑在我前面，我看得出他身體一震，好像吃了一驚。

「算……算有吧？當兵時我做過軍械士，平常都要保養槍砲，也常常有機會打靶……」叔叔回答得很平靜，說完後便專心跑步。

我不敢多問，怕叔叔察覺什麼不對勁，連忙轉移話題，說電視上的槍戰好像都有用不完的子彈；叔叔邊跑邊解說那其實都是有點誇大槍械的功能了，例如烏茲衝鋒槍其實扣住扳機的話，兩三秒之內就會打完彈匣內的所有子彈，而一般的步槍的準確度又如何如何……沒想到叔叔一聊起槍枝，居然熟悉得不得了！從來沒看過他這麼健談呢！

那把槍是給叔叔的可能性又增加了！

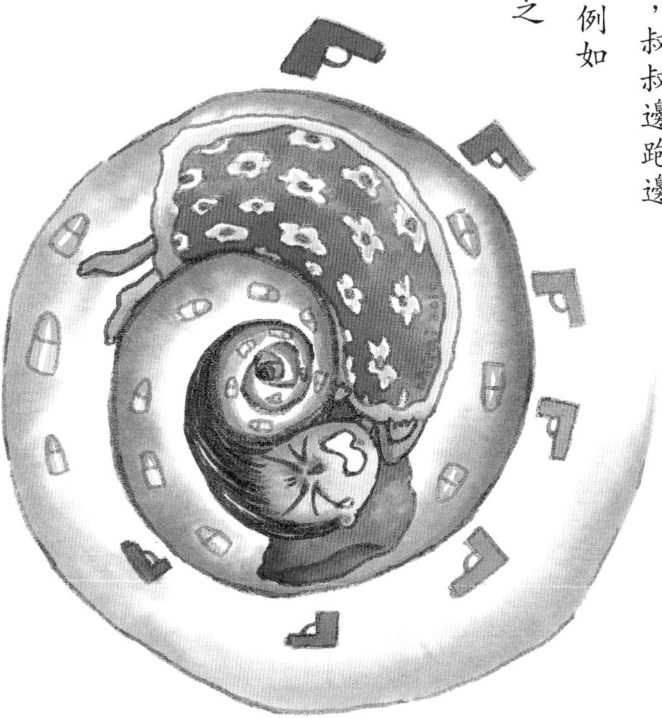

叔叔需要槍做什麼？他真的會去找人尋仇嗎？

那把來歷不明的槍，之前不知道做過什麼壞事，叔叔會不會被栽贓陷害，像電影演的一樣，被黑吃黑？

這麼認真工作、不抽菸不喝酒、努力慢跑維持正常生活的叔叔，竟然會和一把來歷不明的槍扯上關係，想起來真是令人有點氣餒。

原本想要問叔叔坐牢的原因，不知為什麼，就這樣打消念頭了。

我很怕聽到：和現在的叔叔形象差很多的答案。

等我們跑步結束後，我回到房間，差點沒氣暈過去。

弟弟拿出那把漆黑黝亮的槍，正在手上把玩著。

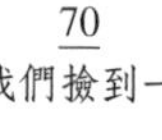

「葉小彥！你在做什麼？不是叫你不要碰那個嗎？」我氣極敗壞地衝過去，一把搶過來，義正詞嚴地告訴弟弟：「你不知道手指會在槍上留下指紋嗎？這把槍之前搞不好做過什麼壞事，現在你在槍上留下了指紋，萬一被栽贓怎麼辦？」

我在電視上看過，每一把槍射出來的子彈都有些微的差異，根據這些差異可以追溯子彈是從哪一把槍發射的，而槍上的指紋更是追查嫌犯的重要證據，所以電視上的警探在兇案現場撿到槍時，都要戴著白手套啊！

「姐……可是，現在妳也碰到槍啦，上面也有妳的指紋了耶！」

哇！一回過神來才發現，槍已經在我手中了！這是我這輩子第一次「碰」到真槍耶……金屬製的槍身意外地沉重、握把很服貼地被掌

心包圍，原來真槍是這麼好拿的感覺，難怪電影裡英雄拔槍的速度總是那麼神速、槍法更是一流。

「完蛋了啦，我們兩個的指紋一定都印滿整把槍了，如果上面原本有壞人的指紋，一定都被我們破壞光光了啦！」我真的急了，趕緊找一塊布仔細地把槍擦乾淨，放回紙盒中用黑色塑膠袋包起來。

「葉小彥你聽好，絕對不可以再去拿這把槍了，不然你的指紋印在上面，到時候你就要替別人頂罪被捉去關起來！」

「嗚……我不要去坐牢……」弟弟終於有點害怕了起來，答應我不會再去碰那把槍；我們約好今天到學校後，中午再問沈傑文，看看他知不知道撿到槍、又不小心把指紋印在上面該怎麼辦，他爸爸是警察，搞不好他知道該怎麼處理也說不定。

7

帶槍到學校

隔天到了學校，好不容易捱到了午餐時間，我今天完全沒有心情跟「好姐妹小圈圈」的同學聊天，頻頻對沈傑文「打暗號」，要他趕快吃完營養午餐，我有事情找他。

為了讓他相信我們撿到的是「真槍」，我還去三年級的教室找弟弟來作證；當我走到弟弟班級的後門時，卻看見他們班的小霸王田學和正抓住弟弟的領子，把他舉得老高，弟弟一臉驚恐、漲紅了脖子拚命掙扎！

「喂！田學和你在幹什麼！快放開我弟弟……」我衝進教室裡，幫弟弟解圍。

田學和雖然只有國小三年級，但是卻胖到八、九十公斤重，是我們學校數一數二的小胖子；他爸爸又是什麼市議員的服務處主任，聽我爸爸說那就是所謂的「椿腳」，只要田學和在學校裡闖了什麼禍，他爸爸一到學校就不由分說地開始罵老師罵校長，反正就是死不認錯；久而久之，沒有老師敢管教他兒子，所以田學和早已是學校裡的小霸王，沒人敢惹他。

「嘖，葉小彥的救兵來了，這次就放過你。」田學和慢條斯理地放開弟弟，雖然他無惡不作，但面對高年級的女生也不敢太囂張。

被放開後的弟弟像洩了氣的皮球，坐在地上，眼淚都快要掉下來了，田學和還不停訕笑著，說他愛哭鬼、要不是姐姐出現他就慘了之類的；突然弟弟大叫一聲站了起來，大家原以為他會衝向田學和，跟他拼了；結果弟弟卻衝向自己座位，打開書包拿出那個黑色包裹……

「葉小彥！你不要衝動！給我過來！」等不及弟弟自己過來，我就趕緊衝到他身邊，深怕他在所有同學面前拿出黑色包裹裡的那把槍！我一把圈住他的

手臂，連拖帶拉地把弟弟跟黑色包裹一起架出教室。

「姐！妳幹什麼攔我啦！」弟弟正在氣頭上，反而怪我把他拉開。

「不然你想怎麼樣？難道要在同學面前拿出『那個』來打田學和？」

「我只是要嚇

嚇他啊！這樣他以後就不會找我麻煩了啊！」

「你這個笨蛋，萬一拿出來後被老師看到了，或是有人去報告老師，你要怎麼解釋？」

「我……」弟弟低著頭，緊緊抱著黑色包裹。

「反正絕對，絕對不可以在別人面前把『那個』拿出來就對了啦！」站在人來人往的學校走廊上，我根本不敢提到「槍」這個字眼，只好用「那個」代替。

這個時候沈傑文也吃完營養午餐，從我們教室的方向走向我：

「葉小琴，妳找我喔？」

「你來得正好，走！你們兩個都跟我來，這邊人太多了……」我趕緊拉著他們往人比較少的圖書室走，沈傑文一臉莫名奇妙的樣子看著弟弟，還有弟弟手上的黑色包裹。

等我解釋完前因後果，沈傑文的眼珠子瞪得像玻璃彈珠一樣又圓又大！禁不起他的要求，我們打開黑色包裹裡的槍給他看，他一下子就拿起槍來仔細端詳，這下可好啦！我們三個人的指紋都印在上面啦！

「唔，這是真槍耶……」沈傑文按了槍把上的一個小圓鈕，退出彈匣後發現：裡面居然裝滿了一顆一顆前端紅銅色子彈！「我爸爸有給我看過他們警察的配槍，裡面的子彈也是長這個樣子的……還有，我爸說真的槍槍管裡會有一圈一圈的膛線，就是這個……你們看，有吧？」

弟弟很仔細地拿槍管對著眼睛，瞇著看了半天：「真的耶……而且槍管比ＢＢ槍的還要寬很多……」

「葉小彥你在做什麼？不要拿槍管對著眼睛啦！」我趕緊叫弟弟不要做那麼危險的動作，萬一走火了怎麼辦！

「其實槍不會那麼容易走火，妳看，彈匣已經拿下來了、子彈又沒上膛、保險也都鎖上沒開，不會隨便擊發的啦！」沈傑文一副很專業的樣子，弟弟對他簡直佩服得五體投地；這些臭男生聊到槍，怎麼就那麼開心啊？

「現在不是研究槍的時候了，我們現在應該要怎麼辦才好？」我真的拿不定任何主意，要怎麼處置這顆「燙手山芋」。

「不然我問我爸爸看看？」沈傑文提議。

「不行！我不要我叔叔被你爸爸抓去關！」弟弟首先強烈反對，我想一想也接下去說：「說不定這把槍只是人家借放在叔叔這邊一下，搞不好根本不是叔叔的，現在情況不明朗就報警，叔叔又是我們家巷子裡唯一有前科的，一定是嫌疑最大的人，鐵定會被抓回去關……」

我聽媽媽說過，叔叔如果違反假釋條件，只要又犯法，就要立刻回去關，而且還會被判更重、關更久……

沈傑文想了想：「可是，現在這把槍被你們拿走了，應該不會牽扯到妳叔叔吧？」

「唉呀，沈傑文你不懂啦！你不知道我們巷子裡的鄰居們都很討厭叔叔，每次都把一些大大小小的事牽拖到他身上，像是機車座墊被劃破、誰家被闖空門什麼的……大家私底下都在懷疑他呢！」

弟弟也說：「對啊！而且這把槍是在叔叔的樹屋樓梯底下撿到的，叔叔就算跳到黃河裡也洗不清了啦！」

我們三人又想了好久，我想到叔叔可能又會回到冷冰冰的監牢裡，忍不住就哭了起來……

「姐……妳不要難過啦，我們絕對不會再讓叔叔回去坐牢的。」弟弟知道我在想什麼，這段時間的相處後，我們都很喜歡叔叔了，再和他分開一定很難過。

沈傑文也安慰我說：「葉小琴，妳不用擔心啦！我們把槍藏起來，不要告訴任何人，就算妳叔叔要做壞事，沒有『傢伙』也就不會輕舉妄動啦！」

我瞪了他一眼：「沈傑文，我叔叔才不會做什麼壞事！」但是他說得有道理，不管這把槍是誰的、要拿來做什麼……只要我們把槍藏起來，就不會有任何人因為這把槍而被傷害或被捉去關了！

而要把槍藏在哪裡？我們三個人想破了腦袋，還真是傷透腦筋：學校太危險了，當然不可能，沈傑文雖然很想要帶回家，但又怕被他爸爸發現，警察的兒子藏一把來路不明的槍，那一定會很慘很慘，最後還是覺得這把槍先藏在我們家比較好，雖然被叔叔發現的機率稍稍高了一點，但只要我們藏得很隱密，應該也不會那麼容易被發現；況且，叔叔根本不知道槍被我們撿走了。

為了以後方便我們在別人面前談到這把槍時不被發現，我們甚至還給它取了個名字，叫做：小黑。

兩個男生還在那邊翻過來倒過去，把玩那把槍時，午休時間的鐘聲就響起了。

8

「小黑」曝光

午休時間到了，弟弟回去三年級的教室，我拿著裝有「小黑」的黑色包裹，和沈傑文一起走回自己班上時，我的心臟不斷噗通噗通地激烈跳著：我手上拿著裝滿子彈的真槍耶！真是不可思議……沈傑文大概也覺得好像在共謀著什麼天大的祕密行動似的，整個人的表情超級不自然的！我們對看一眼，再看看手上的包裹，真的覺得有一把槍在身上，居然和平常的感覺完全不同了，像是變了個人似的！

我心裡大多的感覺是害怕，很怕這件事情曝光，我們都會像電視新聞上擁槍自重的罪犯一樣，在警察局一字排開、桌上攤著武器、頭上帶著安全帽低著頭被媒體拍照……可是這樣的恐懼又有一絲絲興奮，我也不知道為什麼。

「喔～小倆口跑去約會喔！」我們一進教室，班上最討人厭的王

鼎浩就過來調侃我們，全班大概有一半的同學轉過頭來看我們，看起來他們剛剛正好在談論我們似的。

「王鼎浩你不要亂講話！」我感到臉頰突然變好燙，雖然被鬧的感覺很不愉快，但是這種情況根本無法澄清什麼啊！

「麥假啊啦！我們剛剛就看到妳一直給沈傑文使眼色，叫他趕快吃飽，趕快出去約會喔～」王鼎浩不停繞著我們兩個打轉，模仿著我剛剛叫沈傑文出來的眼神跟表情，卻模仿得既誇張又討人厭，同學們都笑成一團，注視著我們的窘境，讓他更得意洋洋。

「喂！同學～我跟葉小琴只是有點功課要討論，你不要亂講話！」沈傑文終於忍不住，也開口反擊了。

「少來～少來了！有功課不會找我們討論喔？在教室裡也可以討

論啊！明明就是去約會～去約會！」王鼎浩越說越誇張，旁邊的同學也吃吃地笑著。

「你！你不要太超過了，我警告你……」沈傑文看起來真的有一點生氣了。

「怎麼樣？你要報警抓我嗎？哈哈，我忘了你爸爸就是警察喔！你叫你爸爸抓我啊～我會跟你爸爸說，沈傑文交女朋友喔～」

「可惡！」話還沒說完，沈傑文就撲上去和王鼎浩扭成一團，幾個女生尖叫起來，我連忙丟下手中黑色包裹，衝過去勸架。

「不要打架……你們不要打了！」

但是在地上扭成一團的兩人，正打得臉紅脖子粗，靠得太近的話，一不小心就會被踢到或是被拳頭掃到的感覺！

正當此時，有同學大喊：「老師來了！」

同學們一哄而散，沈傑文與王鼎浩也互相抓著對方的頭髮停下動作，我們班導李老師已經走進教室。

李老師是個三十歲的年輕女老師，她看到我們在打架先是嚇了一跳，馬上又恢復鎮定地叫我們通通分開，這時候圍觀的同學中，有人「哇！」地大叫一聲。

我們順著那位同學吃驚的眼光與手指的方向

看去，完蛋了！黑色包裹掉到地上，「小黑」露出了三分之一的槍把，這下子真的紙包不住「槍」了！

「有一把槍耶！」

「有人帶槍到學校……」

「那不是剛剛葉小琴拿著的……？」

我趕緊衝過去撿起黑色包裹，緊緊兜在懷裡，漲紅了臉，卻一句話都說不出來。

心裡好像被雷擊中一樣，腦中一片空白，什麼都沒有辦法思考啦！

「你們兩個男生，跟我到辦公室，葉小琴妳也過來……其他同

學，回到座位上，午休時間到了！」李老師又叫風紀股長幫忙維持教室秩序，如果有誰講話就要登記下來，放學後罰掃廁所，大家果然立刻乖乖趴在桌上午睡。

導師辦公室裡，王鼎浩跟沈傑文兩個人站在老師前面，吞吞吐吐地交代了打架的原因，反正起因都是王鼎浩在那裡無中生有啊！老師最後也做出裁決：兩人互相道歉、握手言和，以後任何事情都不可用暴力解決，說完後就叫兩人回教室休息了。

沈傑文在回教室之前，還很擔心地回頭看了我一眼。

事到如今，也只能走一步算一步了。

「葉小琴，妳要不要解釋一下手上那包東西？」李老師非常溫和地問。

「……」

「妳不要擔心，老師不會罵妳的；但是妳總要告訴老師，妳一個女孩子，為什麼要帶男生在玩的空氣槍來學校？」

咦？

原來老師以為那是玩具槍！

說起來也不奇怪，常常有男同學帶空氣槍到學校炫耀，被老師查到沒收好幾次，最後都叫家長來學校領回；老師萬萬也想不到，會有同學帶「真的槍」來學校玩吧？

想到這邊，我已經鬆了一口氣；加上李老師對同學一向溫柔寬厚，從不體罰或是罵難聽的話，或許就順水推舟「不否認」那是玩具

槍，比較不會引起軒然大波吧？

「嗯，對不起啦……老師……那個是弟弟不小心帶來的，我只想把它帶回家收好而已，我沒有故意拿出來玩啦！」我這樣解釋，應該不算對老師撒謊啦，因為都算是句句屬實啊。

「沒關係，只要沒有故意拿出來就好，學校是不能帶那種玩具來的噢，我想妳也應該很清楚，所以這次就不沒收了，以免妳爸爸還要跑一趟學校……」李老師輕鬆溫和地說。

我簡直感激地快要掉下眼淚了：「謝謝老師！謝謝老師！我以後絕對不會再讓弟弟帶到學校的……」

「嗯，玩具槍是爸爸買的嗎？」老師又隨口問。

這下糟了，我不想對李老師說謊，但如果照實說是撿來的，搞不好她會起疑，說不定還要檢查看看是不是真槍呢！

「不…不是……是我……我叔叔買的……借我們玩而已……」我越講越小聲，越講越心虛。

完了，老師一定發現了！李老師一定看出我神情怪異，我真的完全不會撒謊啊！

即使如此，她也並沒有生氣或逼問什麼，只是說聲沒事了，就叫我帶著黑色包裹趕快回教室休息，放學後直接帶回家收好。

呼，這次總算又過了一關，「小黑」真是一個大麻煩呢！男生怎麼會喜歡這種東西，明明就超容易惹禍上身的啊！

如果世界上沒有發明槍，搞不好根本不會有世界大戰呢！

9

家庭訪問

等到傍晚放學，我和弟弟回到家後，我們才知道有一場世界大戰正在家中醞釀呢！

李老師雖然沒有對槍的事情生氣，但是她基於教育的出發點，覺得還是有必要了解一下我們家的狀況：因為如果沒有請家長到學校溝通過，小孩子下次搞不好還是會偷偷帶著槍到學校玩。

所以我一回家就被媽媽逮住，劈頭就問我們在學校做了什麼事，為什麼我們班導說晚上會來家庭訪問？還問了我們家裡的人口狀況，特別是叔叔的事……

說謊的下場，就是要說更多的謊來圓謊，我真是欲哭無淚，弟弟更是不知所措……最無辜的是叔叔了，他不知道老師要來家庭訪問為什麼會跟他有關聯，大家在餐桌上默默不語，草草吃完晚飯，今天晚上乾脆日本料理店就休息一晚，不做生意了。

八點約定的時間一到，李老師敲敲我們家「白鶴亭」的大門，準時地來做家庭訪問了。由於很少有老師來我們家，所以大家都非常緊張，正襟危坐地等老師進門。

我跟弟弟簡直是如坐針氈啊！

爸爸媽媽跟李老師在門口寒暄招呼了一兩分鐘，感覺就像一兩個世紀那麼久；叔叔一邊安慰我和弟弟不用緊張，一邊忙著倒茶要請老師喝。

「咦……你……？」李老師一進門，看到叔叔後大吃一驚：「是葉……葉智仁對吧？我還記得名字耶！」

「咦，李……李佳玲？妳怎麼在這裡？」叔叔同樣也又驚又喜，兩人開心地握手而笑，把我們通通都「晾」在一旁。

這是怎麼一回事？

我和弟弟、爸爸和媽媽全都張著嘴呆站在一旁……

原來叔叔跟李老師是南部的高中同學，而且還一起同班三年，感覺上兩個人似乎交情不錯，可惜後來因為李老師考上台北的大學，叔叔也沒有再繼續升學，還結交了一些幫派的朋友後，兩個人才漸行漸遠……

「真沒想到你是小琴的叔叔，世界真小……」李老師感慨地說。

「妳以前就想要當老師，現在果然達成了妳的目標，真替妳感到高興……」叔叔也有點靦腆，兩個人看起來好像都沉浸在回憶裡的樣子。

「老師今天來，是不是我們家小孩子在學校發生什麼事了？」媽媽眼看兩個老朋友重逢，可能要聊往事聊很久，趕快把大家的注意力拉回來，害我和弟弟又開始緊張了起來。

「喔，不好意思……」

李老師恢復平常的樣子，小聲地清了清喉嚨說：「其實算不上什麼很大的事，很多同學都容易不小心觸犯這條學校的規定：把家裡的玩具帶到學校。」

「玩具？什麼玩具？」爸爸一臉狐疑地看著我們。

「…………」我和弟弟兩個人並肩坐著，頭垂得低到不行，一句話都不敢講。

「趕快講啊！什麼玩具妳們非得要帶去學校玩？」媽媽又急又氣地追問。

李老師看我們姐弟兩人都快哭了，趕緊幫我們解圍：「葉爸爸葉媽媽，您們先別生氣，不是什麼很嚴重的事，聽小琴說，是不小心帶去的，並不是刻意要帶到學校……」

「李老師，他們帶了什麼到學校？」爸爸很正經地問。

「聽說是叔叔買給他們的一把玩具槍。」李老師看看叔叔，爸爸媽媽也都同時轉過頭去看叔叔。

叔叔的眼光看著我們，覆述了一次：「玩具槍……？」

我們不敢看他。

完蛋了！這次真的完了……

不管之前僥倖逃過幾次，這次真的紙包不住火了……

我們不但欺騙了老師、還瞞著爸爸媽媽，最糟糕的，還讓叔叔知道我們撿到槍的事……

「嗯，玩具槍是我買的。」叔叔緩緩地說出這句話，緊接著又用帶著笑意的開玩笑口吻對我們姐弟倆說：「不是叫你們在家玩就好嗎？怎麼『不小心』帶到學校了呢？」

咦？叔叔怎麼會說那是他買的「玩具槍」？

他在替我們掩蓋嗎？

我和弟弟對看一眼，抬起頭來狐疑地看著叔叔。

叔叔用快得幾乎沒有人可以察覺的速度，對我們兩姐弟眨了一下眼睛。

哇！太帥啦！果然是叔叔，反應超快的啊！

「對不起啊～大哥大嫂，是我不好，買玩具槍只是好看，我們很少拿出來玩，不要罵他們啦！」叔叔接著又對李老師說：「佳玲老師，真是不好意思，是我沒有好好約束他們，把違禁品帶到學校去，造成妳的困擾……」

「哎……沒關係……不過，如果不是因為這樣，我也不會知道你是他們叔叔……」李老師臉一下子紅了，連說話的語調都比平常細聲許多。

爸爸看事情差不多解決了，爽朗地大笑幾聲：「哈哈，真是對老師不好意思，小孩子調皮，還讓您跑這一趟……」接著轉過來看我們的眼神變得嚴厲：「喂！你們兩個，趕快跟老師道歉啊！」

「老師，對不起，我們以後不敢了……」我和弟弟站起來跟老師鞠躬，害李老師更不知所措，一直說：「沒關係、沒關係……」

「你們兩個都給我上去房間好好反省，趕快把功課寫完！」媽媽看起來還在生氣。

「老師難得來我們家，又和智仁是老朋友了，請坐一下多聊一會吧！」爸爸殷勤地起身進廚房，還說：「老師吃過飯了嗎？我們弄幾個簡單的小菜，大家一邊吃一邊聊……」然後對著媽媽一直使眼色，要她也進廚房幫忙。

我和弟弟上樓後，兩個人大吁一口氣，癱在床上動也不能動。

「姐，真是嚇死人啦！我以為『小黑』要被發現了咧！」弟弟聲音都還在發抖，還好他剛剛在樓下半句話都沒說，不然光聽他的聲音抖成這樣，鐵定「露餡」的啊！

「你還敢說咧！要不是你把『小黑』帶去學校，怎麼會惹出那麼多事？」我其實剛剛也嚇得快哭了，只要一想到被發現我和弟弟擁有一把來路不明的槍，那個後果真是超出國小的我能夠想像的範圍喔！

「不過，姐……叔叔為什麼會幫我們啊？」

我想了想：「可能就只是單純想要幫我們逃過一劫吧？」

我們邊慶幸邊打開書包拿出今天的作業，在我打開書包要拿作業本時，看到靜靜地躺在書包裡的黑色包裹……

「唉，都是『小黑』害的，它真是個大麻煩……」

「姐……會不會，叔叔已經猜到『小黑』在我們這裡？所以他剛剛幫我們說謊，其實是也怕『小黑』被其他人發現報警？」弟弟小聲問。

天啊！我的弟弟是犯罪心理學專家嗎？我怎麼沒想到有這個可能？

所以那把槍是叔叔要拿來犯罪的可能性還是存在！
更糟的是，現在他知道「小黑」在我們手上了！

10

爸媽吵架

老師大概在樓下多坐了半個小時左右，和叔叔聊得很愉快的樣子，兩人的笑聲不時會傳到樓上來；然而等老師告辭後，叔叔也上樓了，過沒多久，樓下便傳來爸爸媽媽壓低聲音爭吵的聲音。

我和弟弟偷偷溜到一樓樓梯口，那裡有一道木門，隔開營業場所與二樓住家，我們把耳朵湊在門縫，聽著爸媽的對話……

「我不是早就說過了嗎？你就是不聽……」媽媽惱怒的口氣，看來正在氣頭上。

爸爸則是聲音低得幾乎聽不清楚：「小聲一點，小孩子和智仁都還在樓上……」

「要不是那個叔叔教壞他們，我們的孩子怎麼會帶著玩具槍去上學哩？」

「老師都說了，他們不是故意帶去炫耀的，不必小題大作吧？」

「我小題大作？難道你要他們都跟叔叔有樣學樣，最後也被抓去關？」

「喂！妳不要什麼事情都講得那麼嚴重，只不過是玩具槍而已，什麼有樣學樣……」

「自從智仁搬來後，巷子裡就不太平靜，常常有奇怪的人出入，鄰居也都不太高興……」

「鄰居要講什麼就隨便他們好了！智仁已經改過自新了，根本不會對誰有什麼不良影響……小琴每天早上都陪他去慢跑，如果智仁真的那麼壞，小孩子會那麼喜歡他嗎？」爸爸聲音漸漸拉高分貝，聽得出來非常不高興了。

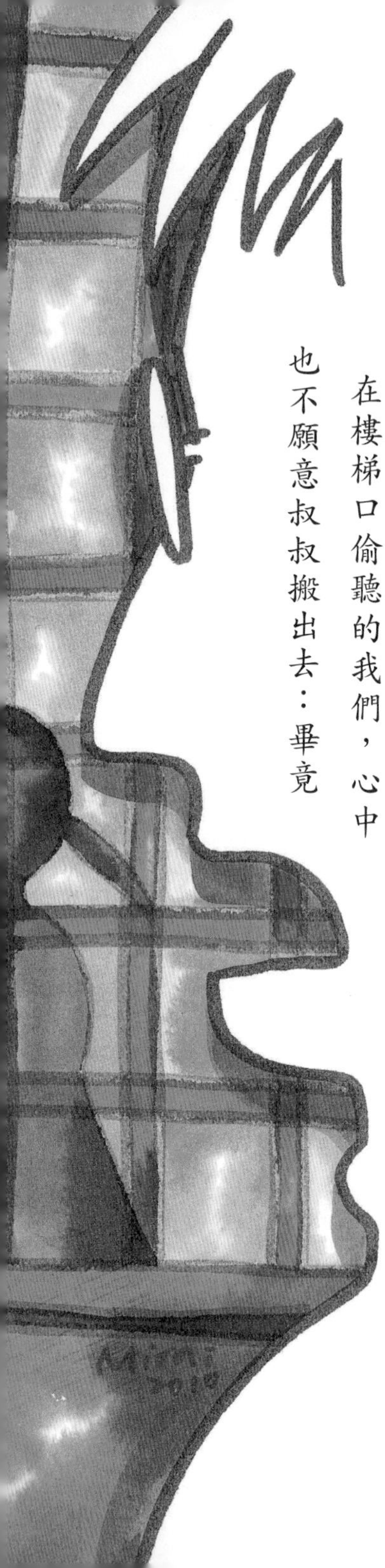

「小孩子哪裡分得清對錯是非？反正我還是堅持你要跟智仁提那件事！」

那件事？我心裡一驚，「那件事」是什麼？

「不行！智仁是我親弟弟，他來投靠我，就是我這個做哥哥的責任，我不可能叫他搬出去。」爸爸說得斬釘截鐵，原來媽媽口中的「那件事」就是要叔叔搬出去！手足情深的爸爸，當然不會同意了。

在樓梯口偷聽的我們，心中也不願意叔叔搬出去：畢竟

自從他搬來後，一直都對我們很好，從來不會擺出大人的架子，又花很多時間陪我們讀書、寫作業、運動打球等等……爸爸媽媽忙著打理「白鶴亭」日本料理店裡大大小小的事情，本來就沒有什麼時間陪我們，叔叔來了之後，分擔了繁重的工作，爸爸媽媽也輕鬆許多，即使是午餐尖峰時間，忙碌的廚房裡，氣氛也不像以往那麼火爆緊張了。

媽媽難道都沒看到這些好的改變嗎？

我還在想著這些事情的同時，弟弟就打開門衝出去了！

「媽媽，對不起啦！都是我的錯……妳不要趕走叔叔啦！」弟弟跑向媽媽，直接撲到媽媽懷裡大哭！這招厲害，如果不是我已經六年級了，一定也會用撒嬌這招！

事到如今，我也只好從樓梯上走下來……雖然剛剛被罵過，還叫我們在房間裡反省，但弟弟已經「暴露位置」，我也逃不掉了；爸爸媽媽愣住了，沒想到我們兩個小孩子躲在樓梯口偷聽，一時之間也無法繼續吵下去了，只剩弟弟一直哭求媽媽的呢喃。

「不要趕走叔叔……不要趕走叔叔啦……」

爸爸好像很感動地看著弟弟，我也感覺鼻子酸酸的，好想哭喔！

這時候突然從樓梯口傳來叔叔的聲音：「小彥不要哭，沒關係的，叔叔就算沒有住在這裡，還是可以常常回來看你們啊！」

「智……智仁？你都聽到了？」爸爸好不容易回過神來。

「哥，大嫂，不用擔心，我本來就打算適應社會環境之後，就要搬出去獨立自主的，提早搬出去也好呢！」

「你說這什麼話，住得好好的，你不用搬出去啊！」爸爸一臉尷尬，瞪了媽媽一眼。

「智仁啊，阿嫂也沒有惡意，今天看你跟李老師聊得那麼投機，就想到你早晚也是要成家的，如果能住更寬敞的地方或找到比我們餐飲業更好的待遇，那阿嫂也會為你感到高興啊！」

「大嫂，我知道妳是為我好，我也很感激妳這段期間這麼照顧我，真是不好意思給妳添了麻煩，我一定會盡早找到房子就搬出去的……」叔叔謙卑地說。

「我說不用搬就不用搬！」爸爸生氣了，打斷叔叔的話之後走向他，用力拍著他的肩膀說：「不用搬！就算你要成家，那也不是今天的事，你就放心好好地待在這裡！如果想做其他工作，可以慢慢找，找到了，也不用急著搬出去，先窩在這裡，雖然房子舊了點，東西又很雜亂，但至少可以省下房租哇！」

叔叔聽了，更加不好意思了：「哥，我知道你很挺我，讓我住在這裡，還給我一份很好的工作；可是我有答應阿爸，不能在你家裡住太久、妨礙到你們生活……當初你安排我來住這裡，做為出獄後的第一站起點，現在應該是我要開始去習慣外面社會的時候了。」

爸爸低頭不語，我看到叔叔說這些話的時候，難過得眼淚都掉下來了，又不懂得怎麼安慰他，只好過去拉著叔叔的手：

「叔叔，那你以後……還是要常常帶我去慢跑喔……」

叔叔看我也快哭了，連忙安慰我說：「不用擔心啦～小琴，叔叔還是會常常和妳一起去跑步的！我們以後還要一起參加馬拉松比賽喔！」

這時候我和弟弟再也忍不住了：「哇……叔叔你不要搬走啦！」我們兩個都哭著撲到叔叔懷裡，放聲大哭……爸爸媽媽似乎很驚訝我們會那麼難過，連忙安慰我們叔叔不會今天就搬……。

其實我和弟弟會那麼傷心，只有一個原因：在心裡，我們都不相信叔叔真的是壞人，他也不會帶壞任何人……我們都在心底告訴自

己，「小黑」絕對不是叔叔的槍，也絕對不能被任何人發現，如此一來，它就不會引發任何不好的事情了。

11

可怕的流氓到我家

即使我們哭得唏哩嘩啦，叔叔還是開始找房子；他在離我們家走路五分鐘的公寓找到一間套房，這幾天積極地在和房東討論租約和搬遷日期。

爸爸媽媽因為這件事情，也開始鬧脾氣冷戰；爸爸覺得民主社會應該以「投票」來決定家中大小事情，既然他跟我們姐弟倆都贊成叔叔不用搬走，那媽媽應該也要少數服從多數才對。

媽媽則堅持她也是為叔叔著想，並要叔叔先留在日本料理店工作，這樣也有收入可以付房租；她說叔叔的新家住得那麼近，我們照樣可以常常看到他，對大家都是有好處的。

就在叔叔準備搬家的這段期間，我們家巷子裡又開始出現一些奇怪的事。

首先是一些看似流氓的人開始在這一帶閒晃，或是晚上飆車族騎著吵得要命的改裝車成群結隊經過巷子口，接著有的鄰居車子停在路邊，無緣無故就被砸碎玻璃了！大家非常擔心晚上出門的安危，還問里長看能不能爭取補助，在巷子口裝監視器呢！

有些鄰居就很不高興地跟媽媽抱怨：叔叔搬來前，這個巷子裡面非常寧靜，根本就像世外桃源一樣，怎麼叔叔搬來後就完全變了樣？不可能完全沒有關聯的……爸爸說治安變差又不是一天兩天的事情，怎麼能怪罪一個剛出獄的人，更何況叔叔的交友狀況算是非常單純了，自從奇怪的不良分子常常出入這條巷子之後，叔叔就叫他的獄友阿志叔叔暫時先別來找他聊天了。

不過這段期間，李老師倒是來探訪過叔叔一兩次；每次來的時候，兩人就很靦腆地坐在「白鶴亭」裡靜靜地吃飯，偶爾聊幾句以前高中的事情；再怎麼遲鈍的人都看得出：他們兩個正在談戀愛當中噢！只有弟弟傻呼呼，還一直跑去纏著叔叔。

也不知道弟弟從電視上或是哪裡看來的情節，那天李老師又和叔叔面對面吃飯時，弟弟突然跑去大聲問：「叔叔，你們在相親嗎？」

他們兩個人一下子就臉紅得不行，李老師尷尬地一直笑，叔叔則是支支吾吾地說不出話；爸爸媽媽大笑叫弟弟趕快回來，別再鬧叔叔了，弟弟則是吃吃地笑，一副狀況外的樣子，害我笑到肚子疼。

幾天前有幾個兇神惡煞的大人來我們家「白鶴亭」吃飯，點了幾樣小菜，啤酒一瓶接著一瓶地喝，然後就開始大聲喧嘩，講一些上酒店之類不堪入「耳」的事情，害其他桌用餐的客人都不太高興，紛紛提早買單、把菜通通打包走人；最後他們這些粗魯的人還呼朋引伴，叫來了一堆相同的混混，幾乎把整家店都佔滿了，有的人什麼也不點，光是坐著就佔住一張桌子，新的客人進來也都不能入座了。

爸爸原本以為他們坐一會兒就會離開，沒想到他們一坐就是兩個小時，也沒有要離去的意思，只好過去很客氣地請他們離開，讓別的客人也能用餐……結果這些人居然就在店裡大發脾氣了！

「喂喂～頭家！開店做生意哪有在趕人客的？」

「對啊，我們又不是沒有消費，也是有點酒點菜呢！」小混混們一搭一唱，十足挑釁的口氣。

「不好意思……我們今天要打烊了，所以……」爸爸還是很客氣地跟他們陪笑臉。

「靠！現在才七點半就要打烊？你這家日本料理店很了不起啊？趕我們走，瞧不起我們是不是？」說著說著，小混混用力拍了一下桌子，「碰！」地好大一聲，把我們都嚇了一跳。

「這位大哥，請不要這樣，我們只是小老百姓，並沒有什麼了不起或瞧不起你們噢……」爸爸雖然已經很低聲下氣地說話了，但對方還是一副氣燄囂張的樣子，似乎是刻意想要吵架的。

爸爸只好說：「這樣好了，若有得罪各位大哥的地方，今天這邊算我請客，就當給各位賠罪；不過以後請各位大哥不要再來小店光顧了，怕又招呼不周，讓大哥們生氣……如果還是執意要來，那我也只好請管區過來處理了……」

「喲～這位老闆搬出警察來當擋箭牌了！」小混混一下子全部都站起來，一副摩拳擦掌的樣子。我和弟弟嚇得躲到廚房裡，媽媽也正在廚房裡打電話要報警。

我突然覺得，如果這時候可以拿「小黑」出來保護自己，那該有多好？電影裡美國有些州不是允許槍枝合法嗎？那麼像我們這種善良的老百姓，遇到有理說不清的壞人時，可以多一層保護，那不是很合理嗎？

弟弟顯然也跟我想同樣的事，他用眼神問我：要不要上去樓上拿「小黑」，但我緊緊拉住他的手，不讓他上樓……突然拿出真槍，我們又不曉得怎麼使用，萬一不小心傷了人，後果更不堪設想了。

這個時候，店裡突然安靜了下來，接著傳出叔叔的聲音，我們把廚房的布簾掀起一角來偷看。

叔叔擋在爸爸和那群喧嘩的小混混之間，手上拿著一把切生魚片的魚刀，眼神銳利地環視眾人，完全沒有半點害怕的神情，像極了故事書裡一夫當關的關羽。

店裡的小混混們都被叔叔的氣勢嚇到，不太敢輕舉妄動，這時候「白鶴亭」店門口「唰——」一聲打開，那天我和弟弟遇到的刺青流氓就站在那兒。

「什麼代誌這樣吵吵鬧鬧？」刺青流氓一開口，低沉的聲音不怒而威。

「黑星大ㄟ，這間日本料理真兇啊！還沒吃飽就要趕人走……」

小混混眼看有了靠山，講話聲音又大聲了起來。

刺青流氓望著叔叔，叔叔也眼神堅毅地看著他，似乎一點都不畏懼；不過，這兩個人好像不認識彼此，那麼之前我們「槍是刺青流氓要拿給叔叔……」這樣的推論不就不成立了？

「少年ㄟ，把刀子放下來，不用那麼緊張……」叫做黑星老大的刺青流氓緩緩說著，在叔叔面前拉了張椅子坐下來。

「我在找一個東西，一包黑黑的，差不多這麼大的東西，你們有沒有看過？」黑星老大說著說著，用手比了跟黑色包裹一樣的大小，眼睛一直盯著我和弟弟看。

慘了！我和弟弟對看一眼，「小黑」是刺青流氓「黑星老大」

的東西，現在他找上門來了！

怎麼辦？要拿出來還給他嗎？

可是我和弟弟嚇得一動都不敢動啊……

「這位大哥，我們這裡沒有人看過你說的那個東西，請你回去吧……」叔叔一個字一個字堅定地說，語氣裡有種讓人無法否決的威嚴。

黑星老大似乎還不願善罷甘休：「哼……小兄弟，你就這麼肯定？我倒想問問你們家小朋友，搞不好他們在外面巷子裡玩耍時有看過……」說著說著，黑星老大對身旁的小混混使了個眼色，兩個小混混便想左右包抄繞過叔叔來抓我們……

說時遲那時快，叔叔大喝一聲：「站住！」右手高舉過頭後，像一道閃電迅速劈下！

「啪嚓——！」一聲，三公分厚的木質貼皮夾板餐桌被叔叔削掉一塊三

明治大小的角邊！好驚人的手勁啊！兩個小混混嚇得不敢越雷池一步，深怕自己身上的哪個部位下場就像地上那塊桌角……

「智仁，你不要衝動！我已經報警了，警察馬上就到！」爸爸故意把「警察」兩個字說得特別大聲。

黑星老大看看桌邊整齊的切口，有點狼狽地說：「好！少年ㄟ，這次算你狠！我們走……」說完，便帶著一干小混混，掀了幾張桌椅後揚長而去。

12

不平靜的夜晚

警車來了之後，我們家外面圍了一大群看熱鬧的鄰居，大家都搞不清楚發生什麼事，只聽說是差點發生流氓鬥毆的事件，就議論紛紛地猜測著：一定和叔叔有關聯。

我和弟弟被帶到外面，被鄰居們不停地問東問西，感覺有點難堪；我們不能進去屋內，因為警察正在詢問有關叔叔前科的事情，爸爸就叫我們先到外面等著……

鄰居的阿姨一直問我：

「是不是妳叔叔跟人家起衝突啦？」

我都還來不及替叔叔辯解，弟弟就說：

「叔叔用刀子一下子就把桌子砍成兩半哩！」把所有三姑六婆嚇得後退好幾步，更變本加厲地批評起叔叔……

「我就說嘛！伊有前科，這種人本性很難變好啦……」

「莫怪電視新聞攏咧講，這批提前假釋的很多人都回籠仔內了！」

「自從伊搬來了後，一天到晚都有奇怪的人在這邊出出入入，根本就不得安寧啊！」

「要跟葉太太再說清楚一點，請她小叔趕快搬走啦～」

「對啦～對啦！」

「搬走卡無代誌啦～對啦！」

這些鄰居們的冷言冷語，像是針一樣刺痛著我的心……

她們怎麼會知道，剛才叔叔為了保護我們一家人，不惜挺身面對十幾個壞人。

老師說過絕境會逼出人的無比潛能，例如目睹小孩子正要從陽台掉下來的母親，為了救自己的孩子，居然能衝得飛快，及時接住墜樓的小孩！事後要她再跑一次同樣的距離，卻怎麼也無法達到相同的速度了；警察們對於叔叔快刀斬斷的桌角嘖嘖稱奇，還有一個警察試著

拿同一把魚刀用力一砍，刀子劈進木頭夾板裡不到一公分；他的同事不信砍不斷桌角，拿更利更重的菜刀一剁，也只有砍進夾板裡一半的深度而已。

叔叔平時並不是手勁特別強的人，但是剛才為了嚇阻那些小混混、保護我們一家人，竟然可以使出這麼大的力道，可見當時叔叔是多麼緊張擔心我們的安危。

警察問了一些叔叔的交友狀況、我們家有沒有和人家結怨之類的問題，然後說這幾天會加強我們巷子的巡邏後就離開了，看熱鬧的鄰居也漸漸散去……爸爸叫我們和叔叔趕緊去休息了，我們都知道他的意思：媽媽很生氣，爸爸要和她溝通，安撫媽媽的情緒。

我們上樓後沒多久，樓下果然就傳來了爸媽爭執的聲音，都是在責怪爸爸當初讓叔叔搬進來的決定，才會導致今天巷子裡雞犬不寧……爸爸也很生氣地反駁，今天要不是叔叔在場，那些無法無天的小混混不知道會做出什麼事！

媽媽說：「我已經報警啦！幹麼不等警察來……」

「妳自己也看到了……等到警察來，早就不曉得發生什麼可怕的事了！等到警察來，那些流氓早就跑光了！」爸爸大聲辯駁，樓下好一陣子安靜無聲……

我和弟弟在樓上房間，各自躲在上下鋪被窩裡，聽著樓下爸爸媽媽爭執的聲音，我想叔叔也應該聽到了，整個巷子裡的鄰居們，可能也都聽到了……

「姐……為什麼剛剛妳不讓我上樓……拿『小黑』啊？」弟弟小聲地問。

「你拿『小黑』要幹麼？」

「保護我們家啊……」弟弟天真地說。

「拜託，他們人那麼多，全部衝上來的話，根本來不及開槍吧？再說……你懂得怎麼射擊嗎？」

「不然，至少還給那個黑星老大，他不是在找這個嗎？」

「你這個笨蛋噢……那個刺青流氓就是要找誰拿走『小黑』啊！你把它亮出來，不就承認是我們拿走的？你覺得就算還給他了，他還會跟你說謝謝嗎？」

有時候我真是受不了我這個天真的弟弟耶！他總覺得被欺負是因為自己太弱，就像被田學和欺負時，弟弟不敢反抗，因為身高跟體重差人家很多……

弟弟曾經說過類似「如果弱者有一個武器可以保護自己，那就天下和平了……」之類的話，所以他才那麼迷戀「小黑」這把槍。

一開始我也覺得弟弟的想法沒有錯，只是當我們擁有「小黑」的時間越久，我就越懷疑這個想法是不是錯了……電視上美國的家庭都能合法擁有自衛的槍枝，但那畢竟是美國啊！一定也有許多因為槍枝氾濫而造成的問題，像是學生拿著槍到校園掃射之類的新聞，讓他們犯罪率反而居高不下。

去年從美國回來台灣的大舅舅也說過，在美國某些地區，一旦入夜後，最好就不要在外面遊蕩，因為維持治安的警力真的有限，地方空曠加上很多人都有槍，使得他們人人自危；相較之下，台灣地狹人稠，警網也相對比較密實，治安好得太多了……

如果我們現在的治安已經算不錯了，突然讓每個家庭都擁有像是「小黑」這樣致命的武器，真的會有幫助嗎？還是增加危險呢？

「小彥……我覺得我們還是把『小黑』交給警察好了……」我對弟弟說出剛剛的心得。

「難道不能留著『小黑』，直到很緊急很緊急的情況才用嗎？」弟弟還是覺得很可惜的樣子。

「不行啦，就算很緊急的情況，也不能用那麼危險的武器啊……」

我們討論過後，弟弟終於也同意我的看法了，於是我們把床底藏的很隱密的「小黑」拿出來，上三樓去找叔叔商量該怎麼辦。

為什麼會先找叔叔，不找爸爸媽媽呢？因為他們還在樓下吵架噢……而且，叔叔比較好溝通，感覺像是站在我們小孩子這邊的，一定不會像爸爸媽媽那樣，只要一發現我們闖禍就是一陣痛罵，完全不聽我們解釋。

當我們把黑色塑膠袋裡的「小黑」亮給叔叔看之後，他也嚇一大跳，但他連碰都沒碰，連忙叫我們趕緊包起來，把黑色包裹交給他，他要交給警察處理。

等我們一起下去樓下時，爸爸媽媽大概吵得累了，爸爸在廚房裡洗碗盤，媽媽坐在用餐區的椅子上，用手肘撐著下巴，望著被刀子削掉一塊、又被警察試砍了幾刀的那張桌子發呆。

很明顯的：爸爸媽媽正在冷戰當中。

媽媽一看到叔叔和我們，不太高興地問我們怎麼這麼晚還沒睡……

叔叔把正在洗碗的爸爸叫過來後，拿出黑色包裹打開給他們看。

「小黑」泛著烏亮的光澤，靜靜地躺在紙盒中。

「我想，今天那群人要找的就是這個。」叔叔說。

接下來換我和弟弟你一句我一句地說明，從如何撿到這把槍開始，還有帶到學校、被老師發現的事情，全都一五一十地講出來……爸爸媽媽吃驚地下巴都快掉到桌子上了，他們做夢也沒想到，有一把貨真價實的「真槍」，竟然藏在我們家好幾天，完全沒有大人發現！

爸爸媽媽可能是今天已經吵夠了，居然一句話也沒有罵我們，只是茫然地問叔叔：「那現在這把槍該怎麼處理？」

「當然是報警了！」叔叔斬釘截鐵地說。

「可是，這樣叔叔會不會有事啊？」弟弟說出我的疑慮。

「怎麼會有事呢？」叔叔笑著繼續說：「槍又不是叔叔的，噢……」

「那我們撿到槍，藏起來這麼多天，不會被警察抓去關嗎？」我繼續問，爸爸媽媽似乎也很擔心這一點。

「只要沒拿來做什麼，交出去以後，應該是不會有事情的。」叔叔想了想，又說：「而且現在確定那些流氓正在找這把槍，只要我們趕快把它交給警察，就沒有我們的事了……」

「嗯，那我們趕快報警處理……」爸爸說著，跑進廚房裡打電話。

原來事情這麼簡單就可以解決了？

我和弟弟真是兩個笨蛋噢，把「小黑」藏起來這麼久，怕被誰拿去做壞事，結果反而把事情越弄越複雜噢！

早知道一開始撿到時，就去問叔叔就好了嘛……

「奇怪……」爸爸從廚房裡走出來，問媽媽：「妳是不是沒去繳

電話費，電話不通呢？」

「咦？怎麼會不通……我晚上才打電話報警而已啊？」媽媽也一臉疑惑。

叔叔這時像是突然想通什麼似的，喃喃自語地說：「該不會電話線被從外面剪斷了……？」然後把我和弟弟一把推進通往二樓的樓梯門內，這時候，大門口的拉門突然被很粗魯地拉開了！

我們偷偷從樓梯口的門縫往外看，居然是刺青流氓「黑星老大」，還有好幾個兇神惡煞的道上兄弟！

「給我押起來！」黑星老大下令。

這群黑星老大帶來的人，明顯地跟晚上來鬧事的那些小混混完全不同，一進來就很迅速地拿出刀子和槍控制住爸爸和媽媽，他們嚇得動都不敢動一下，接著幾個彪形大漢拿出刀子向著叔叔，朝著樓梯口一步一步逼近！

「小琴……從樹屋的樓梯……用跑的……去報警……快！」叔叔知道我們還在樓梯門內偷看，隔著門壓低聲音迅速地說了這句話，然後便像變魔術一樣，從他握在背後的黑色包裹裡拿出「小黑」對準幾個來意不善的黑道兄弟！

「不要過來！子彈不長眼睛！」叔叔又壓低聲音對門內說了一句：「小琴快去！小彥快上樓躲起來！」

我和弟弟一口氣衝到三樓，弟弟躲進叔叔房間的衣櫃裡，我從樹屋外面的樓梯溜到巷子裡，沒想到剛好被在外面把風的小混混發現了！

「喂！這裡有個小隻的要偷跑了！」小混混大喊，我們家日本料理店裡傳出一陣騷動。

我不知道哪來的勇氣，那一瞬間立刻拔腿朝巷子口狂奔；後面緊跟著一堆混亂的腳步聲，至少有十幾個黑道兄弟追出來，在我後面不到兩公尺的距離緊追不捨！

我嚇得要命，根本不敢回頭看、更別說停下腳步了！只能咬著牙沒命地奔跑，連拖鞋都掉了，沒想到赤著腳反而跑更快！後面一群兇神惡煞的吆喝咒罵聲不停地傳來……

我跑到馬路上，路人們大概覺得很奇怪：為什麼一群流氓在追一個小女孩哩？

跑過了沈傑文家，我根本來不及按他家電鈴，只好繼續跑……

一切都只能靠妳了！葉小琴……

我在心裡默默地鼓勵著自己。

拚命地跑、我用盡全力地跑、把每天早上跑步鍛鍊出來的腳力發揮到百分之一百二十！

他們大概也覺得很不可思議！一個看起來弱不禁風的小女孩，居然可以跑這麼快！

已經追逐了好一陣子，但是這些身材壯碩的大人卻抓不到我……

我可以感覺他們緊追在後，所以我更咬著牙狂奔，這一點都不難，我告訴自己……

就只是左腳踏向前、接連著換右腳踏向前……這麼簡單的動作，

在每個人身上的差異卻好大好大！

沈傑文最多只能跑兩圈操場：四百公尺。他說那是因為他扁平足。

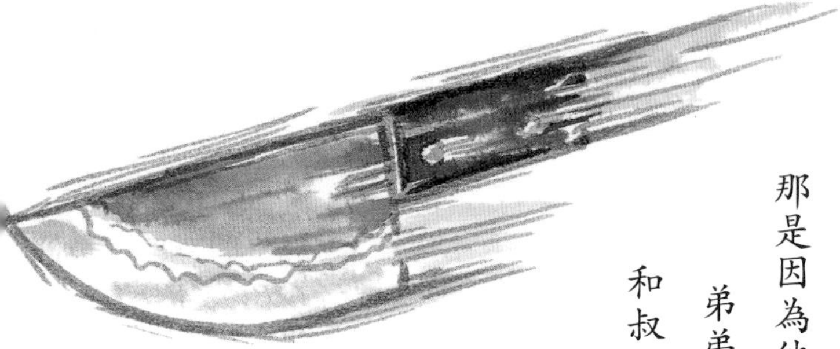

弟弟跑步超過三公里的距離，是在我們和叔叔第一次一起跑步那次……那真是太神奇了！我們三個從來沒跑步的人，居然跑再遠都不會覺得累！不過隔天，弟弟就說他「鐵腿」了，賴在床上，不跟我們去跑步了。

我繼續狂奔，跑過一個又一個的十字路口，很幸運地都沒有遇到紅燈！

很想對叔叔說：你看！叔叔，每個十字路口都為了我變成綠燈呢！

後面的壯漢朝我丟了一把刀子，旋轉的刀身咻咻咻地從我肩膀旁邊劃過！

呼！好險啊……我得再跑快點！再快點……

媽媽說：「女孩子天天跑得像條牛一樣喘吁吁，真是成何體統……」

媽媽，誰說女孩子就不能努力奔跑，與汗水為伍呢？

一點都不累，我連流汗的感覺都沒有！從巷子口到這裡，至少已經跑出了五、六公里遠，我還可以繼續再跑下去……

偷偷回頭看一眼，只剩兩三個體力比較好的流氓還遠遠地跟在後面，氣喘吁吁地跑著……

漸漸地，我居然慢慢拉開和那群壯漢的距離了！

我繼續跑……繼續跑……就像叔叔說的：「為自由而跑！」

謝謝你……叔叔！讓我學會跑步，沒想到會在這時候派上用場！

我不敢想像家裡的情況，不敢想像黑星老大會對爸爸媽媽、還有拿著「小黑」的叔叔做出什麼事……

我也不敢想像躲在樹屋的弟弟，會不會被發現……

我只能繼續跑，目標只有一個，那就是警察局。

只要趕緊跑到警察局，大家都有希望得救！

13

警察來了

我坐在全速往家裡前進的警車裡，好幾個荷槍實彈的警察伯伯一路上都還覺得很不可思議！

「小妹妹，妳跑了這麼遠的路啊？我們開車都要開好久了，妳居然能一路不停地跑過來！」

從警察局到我家的距離至少有十公里，警察伯伯們一面嘖嘖稱奇，一面加快速度趕往我們家。

一路上追殺我的流氓已經不知道躲到哪裡去了，一個都沒看見。

到了巷子口，我家門口已經圍了一堆鄰居，簡直就像是晚上稍早的情況一樣。

門口停了一台救護車，我一看就大聲哭了起來！

整個晚上的緊張與害怕在這個時候爆發出來，車上的警察伯伯都嚇了一大跳，紛紛安慰我不用緊張，他們留下一個同事在車上陪我，其他三個警察拔出配槍走進去我家裡探查究竟……

叔叔大腿被黑星老大打了一槍，黑星老大也被叔叔一槍打中肩膀……兩個人躺在不同的擔架上，救護車發出警笛聲趕緊往醫院出發。

爸爸媽媽和弟弟安然無恙地從家裡走出來，一看到我也沒事，我們四個人立刻抱在一起痛哭！

「槍」真是太可怕的東西了！

在我跑去報警的這段期間內，「白鶴亭」裡到底發生什麼事？

據媽媽描述：叔叔掩護我和弟弟躲進樓梯門後，那群兇神惡煞就衝進店裡一字排開，一下子就把她和爸爸制伏，用繩子把雙手綁在椅子上動彈不得，這時候只剩叔叔還拿著槍和他們對峙著，試圖拖延時間讓我溜出去報警。

黑星老大叫叔叔把槍還給他，不然大家都會「很難看！」；叔叔要他先放了爸爸媽媽，雙方就這樣僵持不下。

這時候外面傳來騷動聲，小混混跑進來說：發現我溜到外面的行蹤了！黑星老大非常生氣，大吼著叫他的手下通通出去把我抓回來；就在下一秒，趁著一片混亂之際，黑星老大偷偷對著叔叔開了一槍！

「碰！」地一聲！

不過幸好打偏了，打中了大腿，叔叔痛到立刻單腳跪下，也馬上舉槍還擊！

「轟——！」地一聲，大家都沒想到，「小黑」開火的聲音竟然如此響亮大聲！比黑星老大手上那把槍還要大聲，後來警察伯伯們才告訴我們，黑星老大他們拿的是改造的土製手槍，威力比較弱，準確度也差真槍很多，所以才會這麼近的距離也能讓叔叔逃過一劫。

叔叔開的那一槍擊中了黑星老大的右肩，讓他痛得立刻放掉了手上的武器，倒在地上不停哀嚎，其他道上兄弟看到叔叔手上的槍威力那麼驚人，紛紛趕緊丟下刀槍奪門而出。

在他們一哄而散之後沒多久，鄰居們聽到槍聲，跑來我們家一探究竟，看到倒在血泊中的黑星老大跟叔叔，全都嚇得驚聲尖叫，幸好有人還記得打電話報警跟叫救護車，及時把兩個槍傷的人送醫。

爸爸媽媽這時才被鄰居鬆綁，連忙衝到樓上找尋弟弟的蹤影，幸

牛丼

お好み焼き
茶碗蒸し
唐揚げ

好馬上在叔叔的衣櫃中，發現不停發抖的弟弟。

這真是可怕的經歷！「槍」這種東西，實在是太危險了！

14

在醫院裡

叔叔因為槍傷，所以需要住院治療；我們每天都去看他，今天星期六，我和爸爸媽媽、弟弟來到病房後，發現李老師也來了！

「李老師好！」我們進入病房時，李老師正握著叔叔的手不知道在講些什麼……我突然從背後向老師打招呼，害她嚇了一跳，趕緊把叔叔的手放開，臉也馬上變紅了。

「葉小琴，葉爸爸葉媽媽……你們來看智仁了？」李老師馬上站起來，讓我們能看清楚叔叔。

斜躺在病床上的叔叔看起來氣色好很多了，前幾天剛送進來時，由於子彈碎片卡在大腿的肌肉組織裡，引起感染發炎，整個人還曾經陷入昏迷狀態，連醫生都覺得不太樂觀……害爸爸緊張地坐立難安，這幾天「白鶴亭」都沒有開店，就連吃飯時，也都跟媽媽說他吃不下；後來叔叔的情況漸漸控制穩定下來後，爸爸臉上才逐漸出現笑顏。

叔叔看到我們，也很開心地笑著，感覺上心情很好的樣子，我甚至覺得叔叔在李老師來看他時就已經很開心了呢！爸爸又開始故意說些「時間不早啦！」「李老師你們慢慢聊，我們要回去啦！」之類的話，然後拚命對叔叔擠眉弄眼，害我都笑得差一點把手上正在削的蘋果掉到地上去……

「聽警察局那邊說，這種情況開槍算不算正當防衛，要檢察官跟法院那邊的認定才算數，所以就等案子移送上去，再看看結果怎麼樣……」爸爸提到

這件事情的後續發展，心情又有點沉重起來……

「沒關係，看到時候怎麼判好了，有可能算是防衛過當或是過失傷害，但至少是對方先開槍的……就算要取消假釋，也是沒辦法的事……」叔叔很平靜。

「可是，明明是對方逼得你不得不開槍的啊！」李老師焦急地說。

「畢竟……我想，法律還是不允許以暴制暴的吧？這是我用六年的時間換來的寶貴教訓……」叔叔緩緩地吐著氣，接著對著我和弟弟說：「小琴、小彥，來，叔叔說個故事給你們聽……」

終於，叔叔要親口告訴我們，他為什麼坐牢的原因了！

15

叔叔的過去

「小彥，你可能不知道，叔叔以前跟你一樣，個子不高，運動神經也不發達……在學校總是被欺負，那時候，每次都是你爸爸在保護我、替我解圍……」叔叔開始娓娓道來：「以前你爸爸長得又高又壯、皮膚又黑，加上我們差了五歲，我剛進小學時他正好讀高年級，就常常跑到我們班上關心我有沒有被人家欺負。」

爸爸在一旁聽到，也陷入回憶般，露出溫柔的微笑：「是啊……那時候智仁班上總是有一些同學喜歡捉弄他，常常脫他褲子、把他的書包藏起來之類的，這些臭低年級的學弟都會一個一個被我抓來修理噢……」

叔叔接下去說：「呵呵……都已經那麼久的事情了，哥哥還記得！那你記不記得我們班上一個叫做阿棋的？他爸爸是菜市場裡的殺豬的肉販那個？」

「嗯，記得啊！他是那時候最喜歡欺負你的傢伙，講話粗聲粗氣的，跟他爸爸一模一樣，還很喜歡恐嚇說要把別人的手腳剁掉之類的，真是家教很差的一個小孩……」

「有一次放學後，我又被他堵到，被叫到無人的體育館裡面，他沒有說任何理由就把我揍一頓；當時我被打得很莫名其妙，根本不知道為什麼噢……

「可是當我被阿棋揍的時候，瞥見他臉上跟腳上好幾個地方也都有烏青跟瘀血的傷痕……

「後來我問同學，才知道他也常常被他爸爸打，什麼恐嚇要吊起來像殺豬一樣把手腳剁掉之類的話，也都是跟他老爸學的……從那時候開始我突然有點同情起阿棋了，雖然他還是一天到晚找我麻煩。」

「他欺負叔叔，為什麼要同情他呢？」弟弟很納悶，他最常跟我說他恨透了班上的那個田學和，所以根本無法體會叔叔為什麼會同情欺負他的同學。

「因為暴力是會傳染、會被複製學習的啊！阿棋的爸爸打了他，可能根本也沒有說明任何理由，所以他到了學校，心情不好時也會找同學出氣，也不需要任何理由喔！只要拳頭比別人大，就可以隨心所欲，這就是他們家的家庭教育教給他的道理……」叔叔接著說：「原本只是同情他，想說就算被欺負，也不要報告老師好了，結果沒想到他變本加厲，越來越喜歡找我麻煩……這下子換叔叔很困擾了，我一點都不喜歡打架，身材又瘦又小，阿棋整個比我大上一倍吧？所以他特別喜歡壓著我打，把我打得鼻青臉腫、滿臉砂土的……」

「每次都是我幫你叔叔解圍，或是報仇的；他只要打智仁，我就把他打一頓……可是說也奇怪，那個阿棋卻沒有停止找智仁的麻煩，被我打得再慘，也不會跑去打小報告或是跟誰哭訴；只要逮到機會，又開始欺負智仁了……」爸爸想起當時的情況，還是有點忿忿然。

「沒辦法，因為他已經習慣用暴力來解決情緒上的問題了……」叔叔說。

「對呀！就是這樣的家庭教育出了問題……其實，現在學校教育也都已經盡量避免體罰了，就是因為同樣的道理……」李老師頗有感慨地繼續說：「打了學生，學生就算學乖了，也是因為藉由『打罵』這個體罰動作去『匡正』他的錯誤行為，以後他要去匡正自己的小孩時，也會覺得可以用打的；甚至會像阿棋這樣，把大部分的事情都衍生出『訴諸暴力』的解決方案……。」

爸爸語重心長地說：「李老師說得沒錯，我後來因為智仁的事情，深深覺得暴力是不好的行為，所以我從來就沒打過這兩個孩子……」

叔叔也很感慨地接下去：「可是我們以前哪裡知道這個道理呢？從小都是這樣打來打去的，你們爺爺對我們兄弟倆也是很嚴厲的用力『打』來管教；那時候你們爺爺都會去市場買藤條，一買就是十幾枝，其中一半拿到學校送給老師，還要拜託老師『用力打沒關係』……哪像現在，我出獄後看到報紙，說有老師被家長告上法院，只是因為小孩子作業裡寫髒話，被老師打了兩下手心而已……這在我們小時候，是沒有辦法想像的事情噢！」叔叔邊笑邊搖頭，李老師和爸爸媽媽卻都拚命點頭表示贊同，看來我們的童年真的差很多啊。

「阿棋一直找機會欺負我，不管是捉弄或是揍我，都不是我該忍受的，有一天他甚至把他們家殺豬的屠刀帶來學校了！同學看得都傻眼：好大一把刀喔！就像一片剖開切片的西瓜那樣的形狀，至少有三十公分長吧？我那時候真的嚇得不知道該怎麼辦！心裡只想著：完了！阿棋說要剁我的手腳……真的要剁了！

「放學時他果然又攔住我，要把我帶去體育館裡面『教訓』一下，本來以為這次死定了，結果去了體育館，居然被在那邊巡視門窗的老校工發現我們，救了我一命！

「當時老校工看到阿棋拿著白晃晃的殺豬刀在那邊耀武揚威，立刻衝過來『啪——』的一下子就把刀奪了過去，再反過來把刀子架在阿棋脖子上，用很重的鄉音說：『你個小兔崽仔不學好？學土匪？俺今天就用這刀宰了你，就像當年俺殺共匪一樣……』

「老校工平常就對小孩子很兇，常常拿著掃帚把我們趕離正在養護的花圃，還聽說過他會吃狗肉之類的傳聞，所以大家都怕他怕得要命，阿棋被奪了刀，反過來還被恐嚇，當場嚇得尿褲子了……」叔叔說完，惹得眾人一陣大笑。

「我那時候雖然被解救了，卻也開始相信『要不被別人欺負，就要比別人更兇狠』這樣的歪理；原來拿刀子恐嚇別人的，最怕刀子架在自己脖子上；常常聯合一群人欺負落單同學的人，其實就是最害怕落單的人，可能連上廁所都不敢自己一個人去噢……

「於是我也開始逞兇鬥狠了，就好像按了一個開關一樣，整個人完全改變了；阿棋要是來找我麻煩，我就亮出美工刀，劃他手臂，一兩次以後他就不敢了，因為我已經懂得反抗。

「慢慢的……大家不敢再來欺負我了，因為我學會打人、踹人、甚至咬人……

「等到上了國中之後，一群男生聚在一起，更喜歡逞兇鬥狠來表示自己已經長大了，叔叔就是從那時候開始，越來越不愛唸書、常常蹺課、打架……

「大家都說我那時候結交了『壞朋友』，其實朋友哪有好和壞的分別呢？重點是自己學好或學壞而已……朋友的觀念雖然可以影響你，但你也可以選擇要不要被影響，甚至可以反過來導正朋友的錯誤觀念；我是自己自甘墮落學壞的，不能都怪朋友……」

叔叔這一段話像一層迷濛的霧，把大家心裡都罩上一層淡淡的陰影。

「國中時我認識了一些朋友，本來是同學的，後來因為種種原因，他們輟學了，有的直接就開始工作，面對社會的現實；接觸他們之後，我才了解到：原來很多人家裡有各種不同的艱困環境，迫使他們不得不把自己武裝起來，讓自己看起來不會那麼弱勢、那麼容易被欺負……

「上了高中之後，有些國中時認識的中輟生都進了幫派，這些朋友都『混』得不錯，年紀輕輕就有摩托車、出手闊綽，常常找叔叔出去玩，打撞球或是騎車兜風，和他們在一起，也會感覺自己變得很特別，跟班上同學成天只想著考上理想大學的氣氛差很多……」叔叔很不好意思地看著李老師，趕緊補充：「佳玲，不好意思，我不是說妳……」

「呵呵，沒關係呀！我那時的確只想著要唸書、唸書；其他什麼事都不懂，後來出社會當老師後，才發覺自己什麼人情世故都不知道……我記得智仁你高中時放學後，就有幾個騎摩托車的校外朋友來接你，那時候很羨慕你不用補習，卻也有點為你的前途擔心，總覺得你對於未來，似乎沒有考慮得很清楚……」

「是啊……」叔叔苦笑著，「所以後來就自嘗苦果啦！高中畢業後，成績考不上大學，只好開始工作；個性又浮躁，一直換工作，最後還是在那群朋友的介紹下，去當人家的『小弟』，就跟那天來我們家鬧事的小混混差不多，討債圍事打架逞兇鬥狠，大家做什麼就跟著做什麼，有好處眾人分享，渾渾噩噩過日子。

「其實說起來，那幫中輟的朋友，比在學校認識的同學都還要重義氣，有什麼事情一定會互相幫忙，因為大家都是不被社會觀念認同的一群，所以反而更團結，也就是因為這種『義氣』，讓血氣方剛的我們往往『意氣用事』……

「那時有個同學，他跟我感情很好，也很早就加入幫派，幫賭場圍事，後來跟賭客起衝突，把人家砍傷了，算是輕傷，結果對方獅子大開口，要兩百萬賠償金，最後還是賠了二十萬，雙方不歡而散，對方還是去按鈴控告傷害罪，由於我同學之前已有傷害罪的前科，被少年法庭觀察管束當中，結果這一告，那同學就這麼失去自由、入獄服刑。

「我那時候氣不過，心想著『錢也賠了，還要這樣落井下石』？和兄弟們喝酒聊起這件事情，幾杯黃湯下肚後，心裡一把無名火燒起來，就去堵那個人，然後……」叔叔說到這裡，慚愧又難過地接不下去了，看起來似乎是很後悔當時的行為，連說出口都很難受……

「你叔叔把人家刺傷了，命是保住了，但也會終生行動不便……」爸爸看叔叔說不出話來，就接下去說：「你叔叔是因為重傷害罪入獄的，很幸運碰到大減刑，又因為當初是喝了酒不清醒才犯下大錯，並非真的惡行重大，所以符合假釋條件，才能提早出來重新做人……」

原來這就是在叔叔面前，爸爸總是不碰酒杯的緣故啊！

「嗯，當初我替他報一箭之仇的那個同學，就是偶爾會來樹屋找叔叔聊天的阿志叔叔。」

天哪！原來那個沉默寡言的阿志叔叔，居然是和叔叔因為同一件恩怨糾紛而先後入獄！

為什麼男生總是那麼衝動呢？如果當初叔叔和阿志叔叔可以忍下這口氣，就不會在牢裡浪費那麼多年寶貴的青春了！

「進去監獄後，阿志聽說我為了他去砍人，在裡面把我痛罵一頓，說我怎麼這麼傻……」叔叔感嘆著：「在外面口口聲聲義氣義氣的，好像義氣比天還高、比黃金還貴……到了裡面，失去了自由，才發現義氣真是一文不值。

「失去了自由，才知道自由的重要；我很後悔沒有多聽聽身邊的人的勸告，執意去做自己認為對的事情，結果就是大錯特錯……」

氣氛有點感傷，爸爸看叔叔越來越低沉，又開始搞笑起來：「嘿嘿！結果反而小時候常常打架、常常幫你出頭的哥哥，長大後遇到壞人，嚇得連吭都不敢吭一聲！」

我們想起黑星老大一開始帶一堆小流氓來店裡時，爸爸害怕擔憂、裝「俗辣」模樣，就噗哧一聲笑了出來……沒想到那樣的爸爸，小時候居然天天幫叔叔解圍呢！

叔叔也在大家的笑聲中，漸漸擺脫了感傷的情緒，和大家談天說笑，度過輕鬆的星期六……原來叔叔是因為這樣的原因入獄的，感覺像是每個人都會有的一時衝動啊！為了一口氣憋不下來，結果讓事情一發不可收拾，代價實在太高了。

叔叔已經償還了他的代價，接下來的日子，誰都不應該再對他貼上標籤了。

在醫院病房的歡笑氣氛當中，大家暫時都把叔叔開槍擊中黑星老大的可能後果拋在腦後了。

16

黑星老大的下場

聽沈傑文說，他爸爸告訴他：被叔叔打中肩膀的黑星老大，是縱貫線有名的黑道份子；我問他「縱貫線」是什麼意思？沈傑文說他也不是很清楚，可能這些人常常在高速公路上南來北往，很忙很忙的意思吧？

總之，黑星老大是警察很想抓到的通緝要犯，這次總算落網了，多虧了叔叔開的那一槍。

而且，因為黑星老大的關係，我們才知道原來看似祥和的巷子裡，居然藏著另一個走私槍枝的罪犯！有一戶鄰居的兒子，兩年前剛從國外唸完大學回來後，成天一直窩在家裡，也沒有出去找工作，天天上網沉迷線上遊戲；大家很少看到那位兒子外出，原以為他只是個「宅男」，沒想到他竟然透過網路，從國外網站分批訂購槍枝零件，

組裝成殺傷力強大的真槍販售！

黑星老大訂購的槍，竟是完完全全由一個二十幾歲少年自行組裝的。

這位「宅男」少年的媽媽，平常還是最愛抱怨叔叔前科的鄰居之一呢！

因為這件事，那位鄰居的宅男少年也被逮捕偵訊了！

原來連之前巷子裡機車座墊被劃破，都是這個「宅男」的傑作呢！他常常趁著夜深人靜的時候，出來閒晃，有時候因為心情不好或單純只想找東西出氣，或是打怪打得不順利時，

就會破壞別人的東西來出氣……這其實是有點網路沉迷到走火入魔了，才會異想天開從網路上蒐購零件來組裝槍枝販售，連組裝的說明書也都是網路上搜尋到的！

那天黑星老大親自來取槍，正要走出巷子口時，也許是因為第一次從不認識的人那邊買槍，所以特別感到不安吧？黑星老大長期身為通緝犯的第六感突然警覺起來：他肯定在巷子外面，一定有一群荷槍實彈的警察，正埋伏著要來個人贓俱獲！

所以他就在無人的巷子裡四下觀望了一會兒，暫時先把那包裝著槍的黑色包裹擺在不起眼的樹屋樓梯底下，獨自一人先走出巷子口觀察情勢……沒想到一回頭，那把剛買的新槍卻憑空消失了！

黑星老大知道一定是剛剛從巷子口擦身而過的那對小姐弟拿走了，又看到他們在日本料理店「白鶴亭」裡幫忙，就下定決心要找個時機討回那把槍。

那幾天他派了一些手下，觀察巷子裡的住戶情況跟日本料理店的成員，一直在等待時機要拿回槍，不過他當然沒想到，那把槍他不但連碰都沒機會碰到，還挨了它的第一發子彈。

黑星老大因此被警察逮捕，結束逃亡生活；幸好那把「小黑」第一發也是最後一發子彈是打在他身上，否則不曉得會被他拿來做出什麼傷天害理的事情。

而叔叔開那一槍究竟有沒有刑責，沈傑文的爸爸說，檢察官跟法官都認定算是正當防衛，因此叔叔確定不會回到牢裡去了！

沈傑文說：「真是善有善報、惡有惡報噢！」

這算是沈傑文說過的話當中，最中聽的一句了。

明年六月以後，我們就要升上七年級了，沈傑文不曉得還會不會跟我同一班；如果沒有的話，我想我會有點難過……現在看到其他同學帶玩具槍到學校玩，我們都有一種奇怪的心情，覺得「那麼危險的東西，怎麼會帶到學校來噢……」，想到自己曾經還把真槍放在書包裡，覺得當時真的是好蠢噢！

打開電視一看，轉來轉去都是槍林彈雨的，每部動作片裡，男主角槍法神準、耍起槍來又帥又酷、子彈永遠打不完似的；要是轉到新聞台，也有可能會看到真實的槍戰上演，每次都教人為那些善良老百姓跟警察捏一把冷汗喔……

現在我和弟弟看到電影裡的槍戰場景時，都覺得有點幼稚……真實世界中，只開了一槍，就把我們的生活攪得一團亂！電影裡那麼多血腥暴力，如果是真的，會有多少家庭受到影響啊？

難怪叔叔說他在監獄裡看的電影，都是很少有打打殺殺場景的劇情片，這樣受刑人才比較不容易受到電影裡的暴力暗示；叔叔說他回到社會後，很難接受電視跟媒體的尺度已經變得這麼寬了！以前在報紙上根本不可能看到的畫面，現在居然天天都在頭版上出現！這樣的畫面，別說受刑人了，就連一般人看了，情緒也很容易受到波及，真是不知道發行這些報紙或剪輯新聞的人，有沒有想過各種年齡層的讀者感受。

沈傑文說：他現在最希望爸爸不必用到槍。以前，他還對槍很著迷，好幾次想要看他爸爸的配槍，也因此瞭解了槍的一些知識；可是現在，他寧願爸爸調到行政文書的單位去，不用配著警槍去執勤、巡邏……因為誰知道在路上會不會遇到像是黑星老大那樣的壞人，一看到警察，緊張之下就先開槍了呢？

他爸爸雖然當了十幾年的警察，真正用警槍開槍的機會卻是十根手指都數得出來……他常常說配槍只是讓警察有個基本的保護，還有心理上的安全感……因為真正的歹徒，往往拿出來的武器都比警察的厲害太多了，所以最好的保命方法還是盡量避免駁火交戰的情況。

經過這次的事件後，我想我再也不想看到槍或是聽到和槍有關的事情了……

　　弟弟卻和我想的不一樣：如果有機會的話，以後他想成為警察！就像沈傑文的爸爸一樣，他想要保護更多善良的老百姓，想要阻止更多像是黑星老大這樣危險的亡命之徒，好讓我們的生活更免於恐懼！

　　弟弟雖然也覺得像電視上那樣槍林彈雨的很誇張，但是他也想證明：如果使用得當，武器也是可以反過來保護生命與財產安全的！所以他現在一天到晚跑去沈傑文他家玩，問他爸爸許多關於警察的事情，我的弟弟都快變成沈傑文的弟弟了啦！

17

叔叔搬回家囉

經過幾個禮拜的住院調養，叔叔的槍傷終於完全痊癒了；帶著傷回到巷子裡的叔叔，突然變成了大英雄，受到鄰居們的熱烈歡迎！

左鄰右舍們都很肯定叔叔挺身而出、保護家人的行為，誇讚他能夠這樣當機立斷，一夫當關地面對一群兇神惡煞，還因此幫警方逮到了危險的通緝犯，是真正的英雄！

還有人說他以前為了替朋友出一口氣而入獄，雖然不可取，但在獄中知錯能改，出來後重新做人，大家實在應該給他一點鼓勵的掌聲才對……這讓叔叔感動得落下眼淚，他終於重新被社會大眾接納了！鄰居不再避開他、小孩子看到他不再裝作不認識……這對「更生人」而言，才是最重要的意義！

我們這個社區接納叔叔了，那整個社會也會慢慢接納叔叔……

叔叔說：他還是有搬出去的計畫，不過這次，是真的為了未來做打算；他想要存點錢，在市區另外的位置找個店面，自己也開一家日本料理店，就當成我們家「白鶴亭」的分店！

叔叔說：他出獄後第一餐吃到的幸福美味，想要讓更多人可以品嘗得到！所以他想要正式向爸爸媽媽拜師學藝，讓更多人吃得到他們獨特的好料理。

當然還不只這個原因：叔叔靦腆地說，他想要開店，憑自己的能力做出一番事業，以後向李老師的家人提親時，也算有點經濟基礎和努力打拚的成績，才不會讓人嫌棄……

如果可以的話，就請在隔壁鄉鎮洗車的獄友阿志也過來幫忙吧！更生人的出路不多，一般願意雇用有前科的獄友的雇主寥寥可數，薪水跟待遇也都偏低；如果自己有幸開一家店，一定要照顧這些真正有心改過向善的迷途者。

爸爸聽到這個決定，開開心心地大表贊同，終於不再反對叔叔搬出去了；他說在叔叔有能力搬出去之前，還是照舊住在我們家日本料理店裡幫忙，他會給叔叔廚師級的薪水，一方面密集特訓叔叔的廚藝，直到他可以獨當一面為止！到時候，不但這家「白鶴亭」的招牌跟獨門料理無條件傳給叔叔，爸爸還願意先借一筆創業基金給叔叔，讓他得以提早圓夢……

爸爸還說，唯一的條件是：以後叔叔的店不准開得太遠，就算會彼此搶生意也沒關係！這樣我們兩家人才能隨時保持往來！不論是叔叔那邊忙不過來或是這裡需要叔叔的支援，也都可以互相幫忙！

重點是：以後我們叔姪的慢跑活動才能繼續……爸爸還說，看我們慢跑跑得這麼愉快，他也會鼓勵弟弟加把勁，到時候爸爸和弟弟也要一起加入我們每天晨跑的行列喔！

只有弟弟最現實了啦！一聽到叔叔要搬走，就搶著說他要第一個搬到樹屋去，獨佔整個叔叔留下來的空間……爸爸又氣又想笑，說要搬上三樓也是長幼有序，姐姐先搬，哪輪得到他？

以前老愛欺負弟弟的田學和，自從他的椿腳老爸幫候選人買票，被人家檢舉起訴、判刑確定後，在學校裡再也沒

有人願意和他做朋友了，勢力一落千丈，沒了作威作福的父親，田學和變成人人嫌惡的普通小胖子。

這時候，弟弟反而反過頭來和他當起了朋友，不斷地鼓勵他，要他相信他爸爸能夠改過向善……還找田學和一起慢跑減肥！原來田學和只是因為自己太胖，在女生面前一句話都不敢講，所以才自暴自棄喜歡找別人麻煩啊！

其實，只要我們對自己有信心，保持冷靜，對任何挑釁都能以平常心面對的話，就能戰勝一切惡勢力！

無論是現在還是未來，我和弟弟再也不會懷疑叔叔是否真的改過向善了沒……因為他已經用他的行為證明了：不管是什麼樣的危險，他都願意犧牲自己，擋在我們一家人前面，面對一切險惡！

這就是叔叔，我們最愛的親人，雖然以前坐牢的往事，曾經讓他抬不起頭，也讓我們家人對這件事三緘其口，怕碰觸了他的自尊心……但如今我們都已明白：叔叔是真正改過向善了，他就是我們家的一分子！

在李老師的攙扶下，叔叔從計程車裡走出來，走進巷子裡，受到鄰居的熱烈歡迎……

上一次叔叔這樣受到歡迎是在出獄的那天，我們全家給他接風，連爺爺奶奶都來了。

這次當然更盛大了，整個社區的人都歡迎他回來，除了那位愛道人長短、卻不知自己兒子在賣槍的那位鄰居太太。

我和弟弟躲在「白鶴亭」裡面，避開外面喧鬧的人潮，因為我們姐弟倆都各自準備了一個小小的禮物，慶祝叔叔康復出院。

門打開的那一刻，我們把禮物送給叔叔：我送的是一雙全新的慢跑鞋，是爸爸和我一起去挑的，要讓叔叔可以跑得更快、跑得更遠、更自由自在；弟弟獻上了我們家「白鶴亭」訂製的圍裙和廚師帽，最特別的是：圍裙和廚師帽上面，都有媽媽親手繡上的「葉智仁」三個金色的名字……

歡迎您回家！叔叔！

延伸閱讀：

天啊！我們撿到一把槍！

教育部閱讀推手　黃愛真

台灣的問題小說，多由孩子親身經歷，從經驗中得到成長，而作家陳榕笙在《天啊！我們撿到一把槍！》關於剛出獄更生人的小說裡，善意的避開了孩子親身經歷的創傷，而由孩子們的親人叔叔擔任更生人角色，再透過孩子眼光看到更生人回歸社會後受到種種社會偏見的對待，以及如何在脫離監獄後再次進入社會重生的故事。

另一方面，台灣成人文學／兒童文學創作者，兩者都有機會書寫兒童故事／小說，然而成人文學出身的作家往往有更大的發揮空間，如郝譽翔的《初戀安妮》（聯合文學）、張大春的《大頭春日記》（聯合文學）中赤裸裸的描寫青少年真實生活的叛逆，當然也有如周芬伶《醜醜》（九

歌）、陳榕笙《天啊！我們撿到一把槍！》（九歌）以溫和而有希望的未來書寫兒童成長可能面對的困擾或議題。然而，不論哪一種文學調性，成人文學作家書寫兒童少年議題，在理想性兒童與現實兒童生活間，似乎比兒童文學作家有更多的發揮空間，可包容範圍也更大。這是出身台灣成人文學作家陳榕笙書寫兒童文學作品，筆者相當期待的原因之一。陳榕笙還為少年兒童書寫多本小說，精準抓住孩子們在現代化社會影響下多元社經地位的家庭生活，運用對立凸顯差異與思考空間，卻又不帶任何批評的善意與包容，值得讀者們作為延伸閱讀的參考。

《天啊！我們撿到一把槍！》描寫國小六年級的小琴和三年級的弟弟小彥，經叔叔與叔叔坐牢事件，從被噤聲到解密的過程。家族禁忌在叔叔返家後擴大成為社區禁忌，「十目所視、十手所指」的叔叔如何跨越社區所有奇怪不解的事情被社區鄰居誤解，社區人心惶惶與不公平對待的無形界線，得到社區認同？而家族與社區人們的反應，又正是台灣這個社會的縮影。同時，作家以孩子們在叔叔住處附近發現了一把真槍作為事件，揭露了家族與社區掩蓋下對更生人說不得的「禁忌」：因前科而產生的猜疑。「一把槍」加強了叔叔作為前科犯再次犯案的嫌疑，還是成為叔叔賴以自衛與保護家人的英雄工具？有別於玩具槍與生存遊戲的BB槍，真槍作為違法「禁忌物」的今天，又帶給孩子們多大的震撼與幻想？

叔叔在監獄與社會隔絕一段時間後再出現的心理狀態，如同作者筆下所說，「找不到回家的路」、「多了一點膽怯與靦腆的表情，很像是老師介紹新來的轉學生」。更生人進入社會，如同從監獄小型社會轉入一般社會，面對種種外在與內在能否被接受的不安。叔叔的故事也牽引出童年校園凌霸事件及家庭暴力，如何讓孩子們習於以模仿及再複製來解決暴力問題。

相較於主角小琴、小彥和更生人叔叔的經歷，很幸運的是，我們可以透過小說完成一次擁有槍枝的想像刺激冒險，同時也認識更生人在社會邊

緣的可能處境。

接下來，對於接觸這本小說的大讀者或者小讀者，提供一些閱讀這本書的建議，除了小說可能引起你內心的波瀾與情感，我們還可以想想一些事情。

閱讀想想

（一）書籍封面封底預測故事內容

還記得你剛開始看到這本書的感覺嗎？請在閱讀小說之前，先仔細看看封面和封底。

1封面圖像你看到了什麼？還有嗎？

2封面中的人物和封底的故事簡介，可以推論哪一位是小琴？小彥？

第三位人物，你認為是誰？為什麼？

3這三個人之間，可能發生了什麼事情？

4根據封面圖像、封底的故事與圖像和書名，你覺得這本書可能在說著什麼樣的故事？為什麼？

（二）孩子的提問與討論

1閱讀完這本書後，你有什麼想法與疑問嗎？

2想對小琴、小彥、叔叔、警察、黑幫老大、小琴的爸爸或媽媽、作家，提出什麼問題嗎？能聊聊你的提問嗎？

（三）大人提問討論

1閱讀完這本書後，可以跟爸爸媽媽或者同學簡單介紹這本書的內容嗎？

2你印象最深刻的地方是？在第幾頁？為什麼？

3有沒有不喜歡的地方？請說明內容？為什麼不喜歡？

4對叔叔的想法是？送給他一段話作為禮物吧？

班級／親子參考教案

（一）暖身：對犯法的想像與形成觀點

1孩子分享：家人或自己是否有被偷東西的經驗？

2被偷東西時的感受如何？

3面對偷東西的人，感受如何？

4如果有一個偷過你／你家東西的人從監獄放出來，你的感受又如何？會如何對待他？

（二）文本進行流程：

1封面封底文字預測與討論。

2閱讀小說。

3（教師或孩子）提問討論。

（三）提問討論：

1故事內容說些什麼？還有嗎？

2小琴的叔叔為什麼會被關進監獄？

3小琴的叔叔進監獄前是怎樣的人？為什麼？

4叔叔出獄後，你覺得他是怎樣的人？有改變嗎？為什麼？

5如果你是叔叔家人，你能接受叔叔出獄後，和你住在一起成為你的家人嗎？為什麼？

6如果叔叔剛好是你暖身活動說的壞人，面對從監獄回來的傷害過你的人，你的感受如何？為什麼？可以接納他嗎？

（四）延伸活動：

1叔叔的家人，對於叔叔出獄後的生活和觀感，每個人不同並且有變化。請選擇一個人，用四格漫畫寫並畫出他在小說中對叔叔態度的轉變。（如媽媽的觀點？爸爸的觀點？小琴的觀點？其他人的觀點？）

2寫封信給叔叔吧！如果你是小琴，看完這本書，對於叔叔童年的故

事、進入監獄、出獄後的生活等種種經歷，你會想對叔叔說些什麼？

3 叔叔在哪裡？

閱讀完這本小說後，請在封面找一個適當的位置，將故事裡描述的叔叔畫上去。

九歌少兒書房 265

天哪！我們撿到一把槍！

著者　陳榕笙
繪者　那培玄
責任編輯　鍾欣純
創辦人　蔡文甫
發行人　蔡澤玉
出版發行　九歌出版社有限公司
臺北市八德路3段12巷57弄40號
電話／25776564傳真／25789205
郵政劃撥／0112295-1
九歌文學網　www.chiuko.com.tw
印刷　晨捷印製股份有限公司
法律顧問　龍躍天律師・蕭雄淋律師・董安丹律師
初版　2010年11月
增訂新版　2018年1月
新版4印　2022年3月
定價　260元

書號　0170260
ISBN　978-986-450-163-2
（缺頁、破損或裝訂錯誤，請寄回本公司更換）

國家圖書館出版品預行編目資料

天啊！我們撿到一把槍！ / 陳榕笙著 ; 那培玄圖. --
增訂新版. -- 臺北市 : 九歌, 2018.01
面 ; 公分. -- (九歌少兒書房 ; 265)

ISBN 978-986-450-163-2(平裝)

859.6 106022654